DESSOUS, C'EST L'ENFER

Née en 1975, Claire Castillon a publié son premier roman, *Le Grenier*, à vingt-cinq ans. Très vite, un lectorat fidèle et une reconnaissance critique ont entouré son travail. Elle a publié six autres romans et deux recueils de nouvelles, dont *Insecte* qui a marqué le début d'une carrière internationale. Son œuvre est à présent traduite en de nombreuses langues.

Paru dans Le Livre de Poche :

LE GRENIER

INSECTE

JE PRENDS RACINE

ON N'EMPÊCHE PAS UN PETIT CŒUR D'AIMER

POURQUOI TU M'AIMES PAS ?

LA REINE CLAUDE

VOUS PARLER D'ELLE

CLAIRE CASTILLON

Dessous, c'est l'enfer

ROMAN

FAYARD

© Librairie Arthème Fayard, 2008.
ISBN : 978-2-253-12802-1 – 1re publication LGF

... ils n'imaginent pas que l'écriture occupe la totalité du temps, la totalité de l'esprit et du corps, et pire lorsqu'on n'écrit pas lorsque rien ne sort, reste coincé dans la gorge, occupe toute la vie et la ronge la bousille la détruit. Ils imaginent rien.

Bernard DESPORTES, *Une irritation.*

La malédiction frappe encore. La vieille a été touchée, puis la mère et la sœur. C'est à mon tour de me soumettre au mauvais sort, logique. Oui, c'est à moi, maintenant, d'être humiliée par l'esprit de l'homme, et s'il est bien gentil, et s'il ne me comprend pas, à moi de me plier à sa conversation ou d'attendre qu'elle cesse, réfugiée dans ma tête. Trente ans, je suis une femme de ma famille, cela signifie « paye ».

La malédiction bourdonne, volette, dard aiguisé, pointe sèche, mais elle ne me piquera pas. Je le décide, maintenant. Je me sortirai de là. Un an que l'âne et moi nous sommes rencontrés, et, du brouillard aux yeux – ou est-ce lucide et calme ? –, j'ai emprunté la route qu'il avait balisée, dîner, promenade, promesse, voyage aux antipodes. Mais, autour, les sentiers aux arbres noueux et forts, aux racines en pagaille, aux chimères invaincues, m'attendent. Je vais quitter la route.

Je dois d'abord me conter l'histoire de la vieille, en espérant, cette fois, parvenir à l'écrire, et puis celle de la mère, de la sœur, et la mienne, pour trouver à la fin d'où vient la cendre noire dans le regard des femmes. Au passage, je vais souffler sur les braises, c'est ce qu'il y a de mieux à faire puisque l'âne n'enflamme rien. Il protège et c'est tout. Ne pas compter sur lui pour m'emporter bien loin, mais le garder le temps de déjouer la fatalité, ne pas commettre l'erreur de le laisser tomber à la hâte, ne plus être en quête d'âne, la recherche prend du temps, et celui-ci me convient, peu encombrant, pas comme les précédents, ceux à gueule d'enfer qui jouaient les captieux. L'âne comble ma prise femelle et s'occupe de moi avec grand dévouement. Je veux décrire, un jour, l'air soucieux qui l'accable dès que la fatigue alourdit mes paupières. Je dois me concentrer, bien conserver en mémoire ce que je garde, ce que je jette, ce que j'écris, ce que j'oublie. Chaque minute porte en elle la question de l'écriture. Vivre pour la transcription, ne serait-il pas temps d'aspirer à cela ? Tout serait à construire, encore. Prendre par le profil ce que je ne peux pas considérer de face, détruire avec les mots ce qui ne tient pas debout, aménager les lettres, emménager dedans, jusqu'au point final.

Aujourd'hui, l'âne souhaite que je consulte une revue pour choisir des vacances. Hier, c'étaient des cuisines. Il a coché des pages sur lesquelles je ferme immédiatement les yeux. Il quitte la pièce, la poubelle à bout de bras, un air de pauvre chien sur le visage, bravo, c'est admirable, il a vite compris qu'il fallait me laisser, dès que je donne le signal, vautrée sur le canapé, sourde à ce qu'il recherche, muette sur ce qu'il attend. Il apprendra à se promener seul pendant que je m'occupe de mes léthargies.

Je vais prendre garde, puisqu'il est de bonne volonté, à ne pas abîmer ses revues en m'endormant dessus. Sur la couverture de l'une d'elles, trois enfants jouent ensemble au cerf-volant. Ne serait-ce pas le second appel du pied que l'âne m'adresse en quatre jours ? Là, il y a faute grave. Mardi, après un dîner de crêpes, l'âne, contemplant le mur, un sourire de mari aux lèvres, a jugé qu'il y avait toute la place pour une cloison mobile. Sa bolée dans une main et ma taille dans l'autre, il a dit, Ce serait bien, une chambrette, juste là, qu'en penses-tu ?

Les chiens aboient, la caravane passe. Dans mon proche veuvage, ai-je songé, je me prendrai une petite boutique d'antiquités.

Je dois fermer les yeux, à cause du piano qu'il vient de faire livrer et qui mange le salon, oui, on peut vivre ensemble, mais un demi-queue, tout de même. Il m'a chanté, hier, de sa voix de chat mouillé, un air sur la vieillesse que j'avais oublié. Les souvenirs sont montés, j'ai bien peur de les perdre, à trop les raviver. Mais tant qu'ils sont ici, à portée de mémoire, je les mâche à loisir, j'en savoure les joues, j'en recrache les arêtes, je nettoie le squelette. Il sera toujours temps de *chairir* tout autour. Je veux comprendre d'où je viens, et la mère, avant moi, et la sœur après elle, et la vieille, avant elles. Voyons la plus ancienne.

La vieille consulte aussi une brochure. Le vieux aperçoit une image de verdure. Loin d'ici ? demande-t-il. Vas-tu te taire ? répond-elle. Un parc arboré, et pourquoi pas un ballet de Tahitiennes à l'entrée du réfectoire. Pour la petite, j'insiste, le parc est essentiel, reprend le vieux. Pour la petite, tout ce que tu veux, dit la vieille, mais c'est moi qui décide.

J'étais leur toute petite. Je dois donc aux deux vieux tous mes jardins secrets. Après eux, le déluge. Tiens, il pleut sur le toit, l'âne va sûrement rentrer, penser qu'après tout il est chez lui maintenant. Il va rester un moment dans le hall, puis remonter, une petite phrase d'excuse en tête, glagla, on ne cherche pas une destination de vacances pour tomber malade juste avant de partir.

Il pleut toujours, l'étuve laisse présager un orage. Il faudrait que je me lève pour fermer la fenêtre de la chambre, mais tant pis, je laisse pleuvoir dedans, ça fera plaisir à l'âne, il aime bien mes distractions, il les raconte à qui veut l'entendre. L'âne va éponger en riant, des tas de gentillesses à la bouche : ma pauvre petite sirène qui aurait pu se noyer. Confuse, je pousserai des plaintes, les mains devant le visage. Ainsi, il ne verra pas ma gêne à ma pitié mêlée. Je ne suis pas capable de sentiments francs, d'attentions justes, de désirs familiers, je suis seulement porteuse de mon hérédité. J'aime et je n'aime pas, c'est partagé.

La vieille a préparé le dîner, mais refuse de manger devant le vieux. Elle s'assoit à table et n'avale rien, lit ou détourne la tête, comme l'a fait sa propre mère avant elle, afin d'éviter le spectacle de son mari qui boit à l'assiette. Tradition familiale oblige, la femme est humiliée, c'est ce que je disais – je soupçonne d'ailleurs l'âne de me téléphoner quelquefois des toilettes, il faudra mettre cela au clair ; saper, ruiner, décimer, c'est prévu et je tiendrai parole. La femme de la famille choisit mal son homme et refuse de s'en défaire, non par correction, mais par manque d'occasion.

Le vieux lui déconseille de jeûner à son âge. La vieille hausse les épaules et, si le vieux vient à poser ses mains trop près de sa braguette, elle lui propose un gant de toilette rempli de nouilles chaudes pour se soulager. Elle rugit, tempête, Grossier personnage, tu ne peux donc pas attendre la fin du dîner ? L'avant-veille, elle l'a surpris, urinant sur les fesses de la domestique, à terre et suppliante, comme une pauvre vierge, a-t-elle immédiatement pensé, mais le jour suivant, avec le recul, elle s'interroge sur le qualificatif peu approprié : au village, la donzelle est à l'inverse réputée pour son air provocant et ses gloussements. Les troupeaux d'hommes peuvent témoigner. Qu'importe. Vierge ou pas, depuis, c'est la guerre.

Pleure, jolie bonne, pleure, ça me fait durcir, a entendu la vieille en montant à l'étage, chargée d'une pile de draps. Elle fait toujours le lit de la petite elle-même, en prévision de sa visite. La vieille inscrit la date de sa venue sur des papiers cachés dans son bonheur-du-jour, elle les conserve d'une semaine sur l'autre, les mélange, puis finit par attendre tout le temps, cela lui semble beaucoup plus simple. La vieille a crié, tapé sur l'oiseau du vieux, aidé la jeune vierge à se relever, et le vieux a nié, le pantalon tombé aux chevilles, tandis que la vierge s'essuyait avec un pan de jupe de la vieille. Pour étouffer l'affaire, la vieille lui a offert sa croix, de l'argent, une bouteille de porto et un sachet de papillotes. Puis, elle l'a mise à la porte. Le vieux a lancé que l'on trouve de moins en moins de pétards dans les papillotes, mais plutôt des citations, souvent gastronomiques, de Brillat-Savarin, entre autres. Ta langue séchera puis tombera, a prédit la vieille entre ses dents. La vierge, passant devant le vieux, a haussé les épaules, et a dit Qui j'imite ? reproduisant avec ses lèvres molles un bruit de pet. Elle a ensuite donné un baiser à la vieille en lui souhaitant un joyeux Noël.

Libre, a pensé la vierge, vite, profiter de l'affaire pour chercher un tremplin, laisser aux gens le soin de leur crasse, ne plus s'interposer entre elle et eux, vite, refuser de servir une vieille douce mais volontaire, et bien méticuleuse, pas comme ça mon enfant, penchez-vous sous le secrétaire, glissez-y la serpillière, ne vous contentez pas de faufiler le balai, idem pour les rideaux, on dépoussière en haut, dans les plis, dans les coins, et le long des ourlets, sans regarder sa montre, d'ailleurs on la retire, on n'attrape pas une mauvaise mentalité, le travail c'est la santé, n'est-ce pas, mon enfant ? Vous devriez pouvoir passer le plumeau sur vos yeux, d'ailleurs faites-le avant de le ranger, et si cela vous irrite, nettoyez-le encore. Je suis chic avec vous, je lave mon petit linge. En retour, je vous demande d'avoir de l'imagination, de penser aux recoins. Soyez mignonne aussi de ne plus vous parfumer, mon époux est sensible, c'est ravissant vos cheveux.

Il faudra exiger de l'âne qu'il transpire moins. Quand je repasse ses bras de chemise, son odeur se ravive. Et j'ai honte à l'idée de confier cette tâche à quelqu'un d'étranger, je ne veux pas qu'il soit dit que la sudation de l'âne est forte.

La vieille retire sa jupe et délimite au scotch les traces d'urine du pan souillé. Elle est méthodique, elle garde une preuve. Un mari, c'est donc ça, pense-t-elle, une déception parmi d'autres, au moins la vie m'aura enseigné quelque chose.

Si je tente l'expérience de la vie à deux, j'en tirerai assez pour la trame, lourde, une enclume, puis je cognerai autour, j'ai déjà quelques pistes sur les clous à planter. Le livre sera dense, je souhaite m'y enfoncer au risque de disparaître, et à la fin, danser dedans, légère comme une plume.

La vieille ne sait pas si dans un cas comme le leur, après tant d'années communes, elle est autorisée à quitter le vieux. Elle le placerait bien dans un institut pour personnes âgées, mais est-ce chrétien ? Il dit vouloir rester chez lui, dans sa maison, et depuis la veille, se défend d'être le gâteux qu'elle décrit. À cela, elle lui répond que, s'il a sciemment humilié la jeune vierge, il ferait mieux de le garder pour lui, comme le croûton du pain et le doré du gratin. Et elle verse de l'huile dans sa soupe, le ressert en maïs, en gras de porc, pleine d'espoir à l'idée de lui boucher une artère. Elle continue à consulter les documentations pour vieillards, repère une unité de soins palliatifs appelée Sérénité, elle corne la page et promet au vieux de le placer là, bientôt. Pour le moment, elle peine à trouver un lieu désenchanté et carcéral où son époux lubrique payera sa faute. Elle aimerait qu'on l'accepte dans un centre pour malades d'Alzheimer. Même si le personnel est gentil, la nourriture convenable, et l'aire de repos accueillante, elle compte sur l'état des malades pour ne lui accorder aucun répit. Toutefois, en attendant de lui faire perdre la tête, elle pense que c'est encore ici, avec elle, qu'il sera le mieux puni. Elle sent battre son âme de geôlière, au rythme du coucou, à gauche, dans l'entrée, dont la porte ne fonctionne plus et contre laquelle l'oiseau se cogne chaque heure. C'est un cadeau de la petite, gagné à une kermesse, et dont les parents n'ont pas voulu pour leur salon, la mère découvrant l'objet et soufflant aussitôt, Pas de ça chez moi mais on va faire des heureux.

Le vieux sort de table et débarrasse, pour la première fois en quarante-neuf ans. Il lâche son assiette dans l'évier, lave son verre, puis hésite, les couverts à la main, tandis que la vieille laisse faire en ricanant. Il quitte la cuisine et elle sort du four le petit pigeon qu'elle s'est mitonné avec la sauge du jardin. Elle le goûte, puis repousse l'assiette. Une idée la tourmente : son mari fait sur la bonne mais peut-être aussi dans le potager. À la vue de tous les légumes qu'il a souillés, et elle, cuisinés et avalés, depuis quarante-neuf ans, elle ferme les yeux et décide d'attendre que la mort la prenne. Mais la faim survient avant. Elle passe son assiette à l'eau, rince la viande et les légumes, puis mange, avec au fond des yeux l'air qu'elle avait en entrant dans l'église quarante-neuf ans auparavant, un air de courge. Soudain, les larmes arrivent. Elle mâche en pleurant, tout cède. Elle pense à sa main se détachant de la main de son père pour accepter celle d'un mari sans grâce. Elle sent son âme, en elle, gonflée comme une grosse algue.

Le vieux tourne dans le salon, déplace les meubles, ouvre l'armoire, pose enfin la question. Il demande où est passé le poste de télévision, et la vieille répond qu'il n'y en a jamais eu. Elle envisage aussi de dérégler les pendules. Il n'insiste pas et rentre dans la chambre. La vieille attend pour éteindre le couloir. Tu veux du chocolat ? Elle trouverait n'importe quoi, même une gentillesse, même du champagne, pour garder la lumière allumée.

La petite va venir et tout ira mieux. La vieille lui offrira une breloque. Le vieux y pendra un anneau, une vieille clef, et, trésor en poche, la petite partira creuser dans sa tête entre les rangées d'arbres. Il tarde à la vieille d'entendre la petite investir la chambre, escortée par les personnages qui voyagent toujours avec elle, et surtout l'épouse déchaînée qui, le mercredi précédent, a reproché à son mari son angiome de naissance et sa collection de briquets.

La vieille se surprend parfois à imiter la petite. Mais il est indigne pour une vieille d'inventer des histoires. Pourtant elle mentira, peu lui importe les usages, elle dira que le vieux est enrhumé, elle ne veut plus qu'il approche la petite.

Demain, ou même après, si tu lui tiens la main, menace la vieille, je te préviens, tout saute.

L'âne se penche au-dessus de moi. Tanzanie, Niger, Afrique du Sud, ça te tente, l'Afrique du Sud ? Ou Sénégal, Mauritanie ?

Il n'y aurait pas plus près ? lui dis-je, je vais réfléchir encore, va te coucher, je te rejoins. Il m'embrasse,
il s'éloigne, il revient, tu m'aimes ? Il repart, il revient,
je lui souris, il repart. Sa silhouette m'amuse, son dos
est triste. Je vais garder sa démarche, mais lui changer le visage ; je lui mettrai un sourire niais, j'en ai
gardé un, il y a longtemps, dont j'avais grisé les dents.
Le personnage prend tournure, c'est bien.

Il a plu dans la chambre, m'annonce-t-il en riant.
C'est pour mes cheveux, lui dis-je, j'aime les rincer à
l'eau de pluie, j'en avais rempli une bassine, mais tout
s'est renversé.

Une confidence comme celle-ci le comble pour
trois jours. Demain, au travail, il cherchera une oreille
à laquelle raconter : ma future femme se rince les cheveux à l'eau de pluie. Et s'il ne trouve personne à qui
le dire, il perdra quand même le goût de toute femme
se rinçant à l'eau de douche. La future sienne est tellement particulière.

Il revient au salon, la brosse à dents en bouche, le
pantalon entrouvert. L'Italie, si tu veux, carrément
l'Italie, Venise, ça te ferait plaisir, Venise, non ?

Je baisse les yeux, je n'entends pas ce qu'il dit, à
cause du dentifrice.

J'ai demandé du temps pour répondre oui ou non. L'âne a décrit sa flamme, profondeur, poids, mesure, mariage, si ça me plaît. Il veut s'occuper de moi. Tout en commun, dit-il, ensemble et pour la vie, la route et les chemins, même l'univers intime, on le cultive sous le nez de l'autre, même la question du chat à offrir à sa mère. Il faudra que je pense à décrire la tête de l'âne, endive, enfant de chœur, poire cuite, à ce moment-là. Un bébé chat, tu parles, un chaton pour sa mère, une formidable surprise, dans un panier ou pas, nœud rouge, nœud blanc ?

Mariage donc, tout ensemble, il le jure. Je garde juste ma mort et mes souvenirs, enfance, adolescence, adulte et adultère. Une belle fête, promet-il, une robe de princesse, un buffet, un orchestre, des bougies, des roses pompon, et des casseroles fixées au cul de la voiture pour crever mes tympans. Je dois pourtant reconnaître que ces klaxons aussi me rappellent quelque chose. Et, parfois, je pense que l'âne sait très bien où je voyage dans les textes que je lui cache.

Délicat, il ne touche pas aux feuilles que je pose sur le piano, il les déplace seulement pour jouer, il sait que nos deux musiques ne peuvent pas s'accorder. Tant que tu n'as pas fini, je ne te demande rien, écris et oublie-moi, dit l'âne à mon oreille, juste avant que les klaxons ne reprennent.

La mère roule doucement, mais, si un piéton traverse, elle accélère immédiatement, tape sur le volant,
klaxonne, constate, Regardez les enfants, on appelle
cela l'inconscience des imbéciles ! La petite vérifie
que le bruit ne lui a pas fait sauter le nombril. En
effet, son nombril dépasse, et il ne faudrait pas qu'il
tombe, cela retarderait tout le monde, les vieux
s'inquiéteraient, et la petite refuse d'être malade le
jour des vieux. Le piéton se fâche, mais il repère le
foulard sur la tête de la mère, alors il baisse les bras.
Elle veut une maladie, elle fait comme si elle en avait
une. Parfois, elle souligne ses cernes au fard kaki. Je
devrais prendre exemple sur elle afin de dissuader
l'âne qui me soignerait, certes, mais n'envisagerait
plus de m'épouser. La mère de l'âne le ramènerait à
la raison. Elle lui conseillerait, nettoyant allègrement
la litière de son nouveau chat, de ne rien décider
avant mon rétablissement complet, qu'elle me souhai-
terait prompt.

À l'arrière du véhicule, les enfants ne rient plus de concert, car, depuis quelque temps, la sœur, le frère et la sœur ont évolué très différemment. La grande attrape la main de la petite par habitude, mais garde les dents serrées à l'intérieur de ses joues dont on soigne ensuite les morsures avec des cotons imbibés de bicarbonate. Elle doit se détendre. Et quand la mère l'en persuade, c'est à renfort d'arguments morbides, et la sœur se souvient aussitôt pourquoi elle s'est crispée. Elle s'accroche à ses joues pour ne pas crier. Le frère regarde dehors et lutte contre son envie de percer le siège avant, et d'enfiler la mère. Armé de toute sa concentration, il balaye la rue du regard et essaye de voir les choses comme elles sont, c'est-à-dire sans leur attribuer de connotation sexuelle. Un poteau est un poteau. Une chaîne balise une place de parking. Un chien accroupi ne s'offre pas pour autant. Le frère est contraint de fermer les yeux. La nuit, il bloque la porte de sa chambre avec des meubles, pour protéger la mère, qu'il craint d'aller violer pendant son sommeil. Dans la famille, il est établi que le frère a un problème, mais à l'extérieur tout a l'air normal, d'ailleurs le fromager lui donne, comme à ses sœurs, une lichette de gruyère à manger tout de suite. La mère voudrait réclamer du comté, mais n'ose pas. La vision d'autant de trous à portée des yeux du frère la chiffonne. Elle ordonne aux enfants de se dépêcher de manger, et le frère mâche en ouvrant la bouche. Une fois celle-ci vide, il la montre à la mère, et la mère, qui s'est battue pour que l'enfant la ferme, est contrainte de le féliciter.

En avant ! dit la mère lorsque le marché est fait et que tous reprennent la voiture. Elle pose les courses sur les genoux de la sœur aînée, du frère, de la sœur, et garde le siège passager pour son sac à main, dont elle attache la bandoulière au frein. Pas bouger hein, lui dit-elle comme si elle s'adressait à un petit chien. La voir jouer la comédie dans le rétroviseur torture la petite. Alors elle se penche vers la mère et l'embrasse dans le cou. Tu es mignonne, dit la mère, c'est bon de t'avoir. La petite tirerait volontiers sur le foulard, dévoilant à tous les cheveux de la mère, soyeux, nourris, tenus en arrière par un chignon de danseuse, gainés sous un masque de beauté qui les rend si beaux quand elle les lâche. Tu n'as rien du tout, dit douce-ment la petite, rien, tu m'entends ? Ce sera nous, ta mort, nous serons ta maladie, et tant pis, je t'aime.

Parlais-tu vraiment ainsi ? demande l'âne qui s'intéresse à ce que je dis. D'autres ânes avant lui, aux-quels je racontais des souvenirs, n'ont rien entendu. Ils fumaient le cigare en attendant un silence pour y lâcher leur bruit.

La mère démarre en trombe, elle n'aime pas se lais-ser doubler. La petite est éjectée à l'arrière, contre la sœur qui tient la viande. Le frère a la responsabilité des fruits, et elle, du fromage. Ta responsabilité pue, dit le frère, et la grande sœur rit dans ses joues. Le frère ne peut taquiner ou maltraiter quelqu'un sans ensuite se défaire d'un peu de sa gaieté. Il pince le bras de la petite, mais c'est lui qu'il effraie, il la marque d'un bleu, se déleste de son encre. Alors, suçant son bras, la petite pense à la chair des hommes, au bonheur, un jour, vite, de les vider d'eux-mêmes chaque fois qu'ils la blesseront. Elle se le promet. Le frère pâlit. Et l'âne aussi, quand je le lui répète. Puis il me jure de faire son possible pour ne jamais faillir. Requinqué, il reprend des couleurs. Une victoire de plus sur moi-même, se dit-il, j'avance, je progresse. L'âne a les choses bien en main. On parie que je n'ai qu'à souffler ? lui dis-je. Il ne comprend pas. Il sourit même davantage, le pauvre et son triomphe minuscule. Oh oui, souffle, dit-il, s'approchant de mes lèvres.

Puis-je poser le fromage sur le siège avant ? demande la petite à la mère, qui refuse. Cette place doit rester propre, est-il possible à la fin, dans sa voiture, de garder un espace net, ou est-ce trop vous demander ?

Merci, râle le frère, marmonne la sœur, qui viennent d'être mis dans le même sac que la petite, à cause de sa question. Si le père conduisait, il attraperait le genou de la petite, par-derrière son siège, en cachette de la mère, il la consolerait immédiatement parce qu'il sait ce qui la peine ; recevoir son soutien lui donnerait envie de pleurer. Mais ne pas le recevoir la fait pleurer, net. Sans lui, elle pleure. Elle pleure ! disent le frère et la sœur.

Le frère, un melon sous chaque main, respire rapidement, s'aidant de petits mouvements de bassin. La mère arrête la voiture chez le spécialiste, pour les semelles orthopédiques de la grande. On envoie le frère se dégourdir les jambes. Dans l'imaginaire de la mère, courir le vide. Le docteur a recommandé l'activité physique. La petite reste dans la voiture. Elle aimerait savoir pourquoi on lui conseille de bien fermer les portières, alors qu'on la déteste. Tout le monde part. Elle serre le paquet de fromages contre elle et se demande pourquoi elle a si peur de la solitude, alors qu'elle est mieux seule. Le frère a déchiré le plastique de la portière. Quelquefois, énervé, il gratte. Elle sèche ses larmes en vitesse, paniquée à l'idée que ça crie, ou de ne pas être emmenée chez les vieux pour raison de crise. La buée monte. Le frère court à toute vitesse, un pied sur le trottoir, l'autre dans le caniveau ; les deux pieds sur le trottoir, dès que la mère apparaît. Elle ouvre la voiture et demande à la petite, Tu es calmée ? Le frère au regard rieur, la sœur aux yeux rougis, répètent la question, calmée ?

Et toi, tes pieds, tu es contente ? dit la petite à la grande. Depuis toujours, le choix est simple. La petite pleure et la grande rit. La grande pleure et la petite rit.

Oui, ta sœur est très contente, on est fiers d'elle, déclare la mère. Grâce à sa volonté, malgré son jeune âge, elle a redressé son dos. Bientôt, elle n'aura plus besoin d'orthopédiste. La sœur renifle parce qu'on a envisagé, à la place des semelles, un corset rigide à porter la nuit. Mais pas plus de trois ans, reprend la mère. Allez mes cœurs, on dépose la petite chez les vieux, on raconte sa semaine, on fait un dessin, on ne casse rien, on parle intelligiblement, et on s'en va.

Les grands n'aiment pas séjourner chez les vieux, ils s'y ennuient. Il faut se dépêcher de toute façon. S'il arrive en avance, la mère veut se tenir prête. Elle enfile une tenue d'intérieur, dénoue sa crinière, se maquille, se débarrasse de son cancer et sort tout l'amour, pour le père.

Lorsque la porte se referme derrière la mère, la sœur et le frère, la petite sent au fond d'elle-même se tendre le ressort qui fait sauter en l'air, même si elle ne saute pas, enfant parfaite oblige, et retourne sagement au puzzle que la vieille et elle ont commencé, tandis que le vieux annonce le programme du lendemain matin, guettant le sourire de l'enfant, qui essaye de ne pas se détourner de la vieille sous prétexte que le vieux l'appâte avec les mots qu'elle aime, cueillette de pommes, goûter à la pâte de coing, ramassage d'œufs, arrosage de l'arbre mort, caresse au cheval, promenade en tracteur, feu.

Il est tard, il est temps de rejoindre l'âne au lit. Faites qu'il dorme, me dis-je, pas envie de lui ce soir, sa tête de grenouille est revenue, comme à Noël. Grenouille dès qu'il a ouvert son cadeau et qu'une larme lui a percé l'œil parce que j'avais tapé dans le mille.

30

Dans le mimille, oui. Lippu, fessu, me dis-je, l'approchant, prise d'une peur bleue. Je ferme les yeux et j'avance, les pieds bien haut levés pour ne pas trébucher contre les affaires qu'il garde à côté du lit, comme une grand-mère. Pour Noël prochain, penser à retaper dans le mimille – une carafe, son verre et son plateau assortis, à poser au chevet du lit, avec le livre, la montre, les lunettes, les bouchons d'oreilles, le spray nasal, le chocolat. Se calmer, tolérer, ne pas rompre, il est facile à vivre, pourvu de bonnes manières, il ne dérange pas mon écriture et je crois qu'il l'inspire, même lorsqu'il me dégoûte. Aïe.

Son bouton sur la fesse. Pourquoi y penser au moment de dormir ? Je compte évidemment sur sa disparition. J'ai hâte. J'ai interdit à l'âne le port des slips en soie de mauvaise qualité. J'ai pris sur moi pour lui expliquer que le bouton venait de là. J'ai même dit furoncle. J'évite d'ordinaire ces conversations, mais, lui, semble les trouver à son goût. Il a défendu bec et ongles la soie de ses slips. Tant pis, je ne me couche pas, je reste assise au bord du matelas, les pieds dans la bassine qu'il a placée pour mes cheveux sous la fenêtre ouverte. J'ai dû me forcer, à propos des slips, pour aborder la question de l'odeur. Mes métaphores sont restées vaines. Tu ne comprends rien ou quoi ? Tu transpires du sexe et ça pue ! ai-je fini par lui lancer, humiliée, à bout de nerfs. Étonné mais content que le couple s'exprime, l'âne a enfin admis la possible surchauffe contre l'ersatz de soie – j'attendais qu'il le dise –, avant de filer doux et de se mettre au coton. Mais, à nouveau, ça sent, je crois qu'il se lave mal, mais comment le lui dire, il ne retrousse pas sa petite peau, voilà, ça fermente dessous, je vais le dire aussi, je le sais, moi.

Bravo ! je suis crispée maintenant.

Revenons à l'essentiel. Je dois lui proposer une destination de voyage, montrer de l'intérêt pour n'importe quel endroit avec un peu de soleil, il prendra des couleurs, un joli hâle et tout ira mieux.

La petite avance sur le chemin de terre. Quel âge as-tu à la fin ? demande-t-elle. Quatre-vingts ans et demi, répond le vieux. Tu vas me montrer le billet d'avion, n'est-ce pas ? Peut-être, répond le vieux. Il a promis d'emmener la petite. Un grand voyage, a-t-il dit, dans la nature, sur une terre inexplorée, tous les deux, avec le ciel pour repère. Peut-être ? Pourquoi peut-être ? demande la petite. Peut-être pas maintenant, répond le vieux. Tu as promis, dit la petite. Je te promets, lui répond le vieux, un jour, tu es vraiment ma petite chérie. La petite n'insiste pas, afin de ne pas le blesser, et parce qu'elle a confiance.

La vieille les a longuement accompagnés. Il est pourtant d'usage que le vieux s'occupe de la petite le matin, et la vieille, l'après-midi, chacun voulant préserver avec l'enfant son jardin secret et ses habitudes, et ne parvenant à rester naturel qu'en l'absence de l'autre. Qu'est-ce qui t'arrive, mémé ? interroge alors la petite. Ce jour-là, la petite sent un problème et ne se demande pas d'où il vient, mais plutôt quand il va cesser. Il lui faut attendre le soir, alors qu'on la croit dans sa chambre, soliloquant sur la difficulté à être mère d'un ours peu soigneux et retors, pour entendre la vieille raconter la vérité sur le scotch de cette jupe qui traîne. La jupe témoin, répète la vieille. L'après-midi même, la petite a repéré le pan de tissu bordé de morceaux d'adhésif.

L'âne glisse sa main sur mon dos, je vais l'y autoriser cinq minutes, je regarde la pendule, minuit douze, je lui laisse jusqu'à minuit dix-sept. La peau de l'âne est douce, c'est oppressant à la fin. Rêche. Je dois écrire mon désir de rêche, il comprendra, il lira entre les mots. Ainsi je n'aurai plus à l'humilier. Parfois, dans l'eau de son bain, j'ajoute en cachette quelques gouttes de produit ménager. Il dit que ça sent bon la lavande. Mais sa peau ne se dessèche pas. Lisse, bien tendue, nourrie, dodue, à peine sortie du chou. Rien ne l'abîme. Je ne peux pas être sa femme. Je suis son mari, pense l'âne, presque. Je lui touche le dos, la nuit, dans le lit que nous partageons. Bientôt, un enfant pleurera tout près. Je lui caresserai les seins, encore, je lui dirai de se reposer, et j'irai voir.

La vieille raconte la scène au père. Elle peut lui montrer son pan de jupe souillé. Ma jupe a nettoyé l'urine du vieux mouillant la domestique, m'entends-tu ? Te rends-tu compte ?

Nous y voilà. La petite descend quelques marches, elle ordonne à sa poupée d'aller mémoriser ses

34

conjugaisons, puis elle éteint la lumière et s'assoit dans l'escalier, arrangeant sa coiffure, crachant sur ses souliers, impatiente d'embrasser le père. Le père prie la vieille de cesser avec ce terme de *domestique*. Le vieux prend sa tête entre ses mains comme pour l'empêcher de tomber. Il a convoqué le père afin qu'il résolve l'énigme, mais la vieille ne dit toujours pas où est caché le téléviseur. Le père demande au vieux ce qu'il pense, et le vieux répond qu'il a mal. La vieille continue à décrire la petite employée en pleurs, elle se retient de dire vierge, répète les mots du vieux, pleure, ça me fait durcir, pleure, et le père assure qu'il a compris maintenant.

Durcir, oui, pense le vieux, autant que mon fils le sache. Je suis resté un homme, je ne dis rien, mais je bande, oui tout le monde, parfaitement. La vieille est trop sèche pour que je m'y aventure. Mais, parfois, je bande pour elle, sous les draps. Elle ne sent plus tout ça, mais elle nettoie, c'est sûr qu'en nettoyant elle voit.

Le père sourit à la vieille. Elle met son béret. Elle est habituée à ce que le père la félicite quand elle s'en coiffe. L'interrogatoire reprend. Le père aime les mains de la vieille, toujours chaudes, qu'elle serre l'une contre l'autre comme deux pelotes de laine, et sa voix quand elle prononce son surnom, plus basse, parce que le vieux a toujours détesté qu'on donne un sobriquet à cet enfant qui a tout de même quarante-cinq ans. Le père supporte mal la vieillesse de sa petite mère et la secoue parfois, jamais fort. Ma petite maman, dit-il, et ça sonne juste. La vieille, droite et digne, repousse la main que le père a posée sur son bras. Ne me touche pas, Kikiton. Écoute plutôt. Je te dis que ton père a uriné sur la domestique. À présent, choisis ton camp.

Pour la petite, il est délicat de prendre parti. Elle n'aime ni le ton employé par la vieille pour s'adresser au père ni le motif du drame. Contre le radiateur de l'escalier, elle a chaud. Un recoin de plus où dormir, être bien, encore se pelotonner, hiberner toujours ; sans impatience, elle guette dans un demi-sommeil la saison prochaine.

La petite pourrait remonter jouer au cabaret par exemple, elle se plaindrait à John Pou d'avoir retrouvé son tablier maculé d'urine, et, en dédommagement, il l'emmènerait en carriole.

L'âne m'imagine quand j'étais enfant, serveuse de saloon, et toujours cela l'émoustille. Quoi ? s'exclame-t-il en riant, chaque fois que je lui raconte mes jeux d'enfant, répète-moi le nom du gars ? John Pou.

Je dois impérativement lui demander de ne plus dire *coa*. Ma grenouille.

Compte tenu du choc, de ses fonctions et de son milieu, le père préfère prendre l'affaire de la souillure sur le mode de la plaisanterie : à quoi bon vous confier la petite pour mettre un peu de gaieté ! Voyant que sa plaisanterie ne fait pas mouche et que le vieux reste prostré, il prend pitié. Mais quel camp choisir ?

Le vieux, malgré un taux de cholestérol élevé et la vue basse, n'a pas de problème majeur. C'est un ancien combattant, directeur adjoint d'une usine de chaussures, propriétaire de sa maison, sans casier judiciaire, proche de l'Église et des gens de la mairie. Aimé par tous au village, il a rendu possible, quand il était conseiller à la ville, une promenade avec des bancs et des fleurs tout le long de l'étang, et la rénovation du coq du clocher. La vieille a élevé le père. Plus sensible aux changements de température que son mari, et bien que le docteur la dise vaillante, elle attrape souvent des angines de poitrine. La mère précise que ce terme-là n'existe plus, même si elle admet qu'à une époque il a correspondu à quelque chose, pas comme crise de foie, qui n'a jamais eu aucun sens. Bon. Pour choisir sans se tromper qui des deux déraisonne, il faut approfondir. La petite se demande s'il ne vaudrait pas le coup d'entrer dans la cuisine et d'interrompre la crise en pleurant, déclarant comme au cinéma qu'elle a tout entendu et pense mourir.

Le père s'approche du vieux et le prie de répondre à l'accusation de la vieille. Le vieux secoue la tête. Tu vois, il nie ! dit la vieille, je n'en veux plus, emmène-le, Kikiton, c'est un porc ! Tout est compliqué, pense le père. La mère serait plus apte à trancher. Il va lui demander de l'aide. Elle a été bénévole à l'hôpital, mais elle a dû arrêter, ça l'attristait. Elle aimait avoir une activité à l'extérieur de la maison. Cependant, sa fonction de bibliothécaire hospitalière lui était trop pénible. La vie lui avait soudain semblé très courte. On lui retournait des livres à peine entamés et pleins de microbes, elle pleurait en découvrant une page dont un mourant avait corné le coin ou souligné un extrait. Aujourd'hui, elle prend des leçons de calligraphie, mais, toujours attachée au milieu médical et sensible à la douleur des autres, elle pense, dès qu'elle sera à niveau, dispenser des cours aux malades, à condition qu'ils ne soient ni des incurables ni des enfants. Par exemple, on néglige trop souvent la douleur morale des femmes ayant enduré une ptose du cou ou des paupières en casquette. Après une chirurgie esthétique, elles se réveillent perdues. La mère les divertirait avant le retrait du pansement ou après, s'il s'avérait qu'un fessier n'ait pu être remonté à hauteur souhaitée.

Vous êtes ridicules, ridicules, répète le père mettant les vieux dans le même sac. La vieille insiste. L'heure est grave, ton père a des excitations déplacées ! Tiens, justement, l'heure est grave ! vais-je dire à l'âne, décalotte quand tu te laves la queue ou je te quitte. Si l'âne s'efforce d'être plus soigneux, il reste une chance que je me jette à corps perdu dans notre histoire. Autant qu'il le sache.

Le père se lève, monte à l'étage, redescend avec une radio qu'il tend au vieux afin de le divertir en attendant de retrouver le téléviseur. Le vieux baisse les yeux, confie qu'il regarde peu la télévision, jamais pour ainsi dire. Le père le rassure. Reste patient, sois gentil avec maman. Ça me fait mal, elle débloque, dit le vieux. Le père répond, doucement, pour ne pas que la vieille entende : c'est malheureux, on va lui trouver un endroit. Un endroit ? pense la petite qui glisse sa main dans celle du père.

La vieille raccompagne la petite. Elle lui donne une brioche à partager avec la sœur et le frère. Ce n'est pas utile, dit le père. Les lèvres de la vieille tremblent, elle est toujours au bord de basculer dans la peine. Jeudi, tu te souviens ? N'oubliez pas la veillée. On a trouvé des melons, tu es contente ? De beaux melons, comme tu les aimes, des melons à Noël. Je te dégoterai une autre aide ménagère, promet le père. Plutôt une domestique, suggère la vieille, rentrez vite maintenant, la petite est fatiguée. Quand elle entend cela, la petite obéit aussitôt, sa mine s'obscurcit et ses yeux s'humectent. Pour l'enfant, ce que la vieille dit doit toujours devenir vérité. Le problème du sommeil qui tombe en voiture est de s'en extraire, à l'arrivée, de survivre au trajet dans le froid, jusqu'au lit gelé. Durant les longs voyages, la petite prie pour qu'il n'y ait pas de péage. Elle déteste l'ouverture de la vitre nécessaire à celle des barrières, et aussi la pause, sur l'aire de repos, quand la mère emmène tout le monde aux toilettes. En groupe, ordonne-t-elle, on ne compte plus les assassinats sur les aires d'autoroute. Si vous vous asseyez sur le rond, le sous-sol vous aspirera, et si ça n'arrive pas, vous attraperez un staphylocoque doré, vous êtes prévenus, tout le monde debout.

La vieille regarde le père partir, sa toute petite fille à la main. Elle le trouve grand, droit, aussi beau qu'elle l'a fait. Elle se dit que la vie n'abîme pas les fils. Elle attend que la voiture ait disparu pour rentrer, puis elle se retourne, encore un peu, au cas où le père et la petite reviendraient, mais jusque-là, et depuis son arrivée à l'autel quarante-neuf ans auparavant, on n'est jamais repassé pour vérifier qu'on l'avait laissée entre de bonnes mains.

Nous marchons vers le centre de la terre. Nous avons bu trop de lait et de vin, trop parlé, nous ne nous sommes occupés de rien et nous ne sommes devenus personne. Nous marchons tous ensemble et nous sommes seuls encore. Au bout du chemin, nous allons, sans nous arrêter d'avancer, sauter en l'air, prendre de l'élan, croire monter au ciel, puis aussitôt plonger à pic. Nous n'avons jamais eu d'élytres. Ce sera le trou noir, têtes mêlées, nous aurons pensé pouvoir nous hisser, nous échapper, nous différencier, mais nous sommes soudés, la famille est une, la famille est folle. Nous devons l'étouffer, noyer maintenant la race, comme nous l'avons fait avec celle des chatons, tiens, parlons-en, mâles, femelles, dont nous avons cogné les crânes contre un mur avant de les abattre, dont nous n'avons pas voulu, parce que nous manquions de place où parquer nos troupeaux, nous sommes des animaux.

Fermons les yeux, cherchons le sommeil, reprenons le contrôle des armées ou employons les grands

moyens pour trouver les ténèbres. Où est donc pas-
sée la corde à glisser au cou de l'âne ? Sous le lit, cher-
chons-la. Attachons-lui plutôt les mains. Tu ne dors
pas, lui dis-je, laisse-moi m'occuper de toi, ferme mes
ouvertures. Il commence par ma bouche, je le guide
en enfer. Penser à l'y laisser. Penser à ne pas toucher
sa fesse gauche, gauche ou droite ? Lorsqu'il est
debout, de dos, le bouton est à fesse droite, donc, s'il
vient sur moi, le bouton sera à main gauche. Ou bien
le percer, carrément, en pleine action, il avait l'air
mûr. Mais, si ça le blesse, il risque de peiner à jouir,
et tout cela s'éternisera. Oublions. Ça va sécher. Je
mouille.

Allons, homme, femme, père, mère, frère, sœur,
jeunes, vieux, morts, vivants, allons écraser le ventre
créateur. Il est temps de faire l'amour. Mains liées,
peaux tannées, nous formons une grappe humaine, en
marche, cœurs fermés, visages au ciel, nous espérons
la lumière. Nous progressons de plus en plus vite, nos
pieds s'enfoncent de plus en plus, nous ressentons,
invariant, le poids de nos corps. Nos têtes se hissent,
tirant nos âmes, tandis que nos genoux ne faiblissent
pas. Il leur est coutumier de soutenir la charpente
solide ou chancelante de nos êtres. Nos corps s'allon-
gent entre terre et ciel. Nos cuisses restent groupées,
en une seule ombre au sol, nous ne distinguons plus
qu'une masse de jambes alimentées par un sang à peu
près homogène puisque nous appartenons au même
essaim ; si certains ont fauté, nous ne le savons pas.
Nos pensées voudraient s'élever jusqu'à contenir le

Très-Haut et la connaissance, mais la pluie les imbibe. Nous chantons un hymne familial, une Marseillaise dont les paroles ont été écrites par un faux bourdon, entonnées par une reine et retenues par des ouvrières, à une époque déjà révolue. Nous chantons l'hymne tellement fort que nous couvrons le bruit de nos pas. Nous sommes des soldats en route, nous avons une guerre à finir, celle pour laquelle nous nous battons dans la famille, depuis maintenant trois générations de Nordistes sur le flanc maternel, d'ailleurs avant, qui étaient-ils ? Nous ne le saurons jamais. Vingt-quatre Sudistes de la trempe paternelle, bientôt vingt-cinq, à l'inverse, l'arbre n'en finit pas de prendre racine, les descendants affluent comme des successeurs. Les arbres ont parlé, même s'ils ont menti. On nous fait croire à d'estimables ancêtres, travailleurs, courageux, gentils sans nul doute, aux prénoms singuliers de surcroît ; n'importe quoi. Des lâches, Cassiopée, Léandre, Thaïs, Andréon, des traîtres parmi eux, comme nous.

Les généalogies tremblent, que va-t-il se produire, un arbre est abattu, maternel, bientôt deux, paternel. Tout s'écroule.

Maintenant ferme tes yeux, me dit l'âne, et viens plus près, ma douce. Lorsque je ferme les yeux, c'est la petite qui apparaît.

L'âne a sa petite tristesse après l'amour. Victoire, pense-t-il, le pays est conquis. Guerrier, ta guerre est achevée, tu mérites le repos auprès de ta caressante amoureuse. Vois comme elle est docile dès qu'elle a du plaisir.

Je dessine des huit sur le torse de l'âne. Il repousse ma main, s'excusant de l'irritation que l'effleurement provoque sous ses trois poils. Pour se défaire de mes doigts sans avoir l'air de les rejeter, il m'enveloppe doucement dans le drap. Je l'entends programmer le réveil sur une pendule qui a été livrée avec son piano. Elle affiche l'heure au plafond. Or c'est mon plafond, et je refuse qu'on écrive dessus. Il a passé l'âge des babioles, il est grand temps d'évoluer.

La petite joue souvent avec une ficelle et un bouchon. Le père se plaint de la quantité de jouets des enfants et elle aime partager son dégoût de la consommation. Devant lui, elle ne sort jamais ses poupées neuves, mais de préférence les petits objets qu'il lui confectionne ou qu'elle fabrique elle-même pour l'étonner. Elle ne regarde pas vers lui quand elle l'entend approcher, elle déguise son impatience, compte plusieurs secondes avant de bouger, car la mère n'apprécie pas que l'on guette son homme, même si elle ne l'avoue pas. À la vérité, la mère est contente si le père aime les enfants qu'elle lui a fabriqués, et elle supporte qu'il colle au fond de son képi leur photo, mais cet amour ne doit pas entamer celui qu'il lui porte : à l'oreille et pendant qu'ils font l'amour, afin d'être pardonnée et jamais jugée, elle réclame des dîners au restaurant, des week-ends dans des auberges, et des vacances en tête à tête dont elle ne tire aucun bénéfice puisqu'elle en revient à bout. La douleur est trop vive quand le retour approche. Elle y pense dès le départ. Si elle en profite à un moment, c'est en reniflant. La petite, à qui l'on n'a rien expliqué à ce sujet, l'a compris d'elle-même. Contrairement au frère et à la sœur, elle n'essaye jamais de solliciter l'attention du père en simulant sa mort, avachie dans la baignoire ou tombée sur un coin de meuble. L'affaire des vieux s'étant ajoutée au reste, et lui échappant en partie, la petite se donne la mission urgente de préserver son bien-être.

Le père entre dans une pièce et fait signe à la mère bien qu'il soit tacitement entendu avec la petite que c'est elle qui compte. La grande sœur, qui prendrait volontiers la place de la petite sœur, sourit pour montrer au père ses dents crénelées et recevoir un compliment devant le frère, qui, lui, gesticule, gêné de regarder les lèvres du père se poser sur celles de la mère. Le père dit à la mère qu'il devra lui parler. La mère comprend qu'il se passe quelque chose chez les parents du père. Elle minaude, elle aime les secrets, les événements, les guerres et les risques d'attentat, elle aime remplir les placards de denrées non périssables. Quand aux informations, le mot « crise » est employé, elle demande ce qu'il va bien encore pouvoir lui arriver, alors qu'elle n'a jamais vraiment approché de drame, en dehors de deux suicides ; celui d'un vacancier, que la famille a vécu ensemble un été, et celui d'un grand-oncle conducteur de trains, qu'elle a peu fréquenté, étant mal considérée par son épouse, qui trouve que la mère se gobe. Entre deux gares, un suicidé ouvert en deux par la pression et la vitesse a atterri sur son pare-brise. Le grand-oncle a fini par se tuer à son tour, ne pouvant survivre au souvenir du soleil rouge que formait les deux demi-corps qu'il tentait de rassembler en battant des essuie-glaces.

Dès qu'ils ont quelque chose à cacher, la mère et le père se parlent en anglais, comme lorsqu'ils évoquent le suicide du grand-oncle, et cela horrifie la sœur, le frère et la sœur, qui se rebiffent immédiatement contre cette exclusion, courant, sautant comme des brutes à travers l'appartement, forçant leurs accents, *yes no no yes very good night this afternoon.* D'ailleurs, ça me rappelle que l'anglais de l'âne me gêne, je dois lui dire de baisser d'un ton, je rougis chaque fois qu'il dit « *The* ». Penser à trouver une destination de voyage où l'on n'aura pas à parler anglais.

La mère aime profiter du dîner pour parler des enfants handicapés, de l'avortement, des crottes de chien et de la mort du père. Si elle survenait, elle ne saurait pas se dépêtrer avec les papiers. De fait, chaque dimanche, le père classe des pochettes marquées d'une croix et interdites aux enfants. Je pense que l'âne serait capable d'en faire autant pour moi, il a déjà évoqué la possibilité d'un contrat de mariage qui me protégerait s'il disparaissait. Le père aime aussi parler de la mort, surtout de la sienne, avec un détachement de soldat. Et quand il parle de sa vie, il évoque souvent la guerre comme le moment où il a été le plus heureux. Il ne fait plus la guerre, il est dans les bureaux, mais c'était merveilleux, explique-t-il aux enfants. Dès qu'il en est question, la petite voudrait crier que c'est bizarre, ce père qui préfère la guerre, juste bizarre, mais le crier quand même, mais ne sait pas comment ni où crier. Contre toute attente, la mère se révèle opposée à la guerre. Dès que le père aborde ce sujet, elle ne parle plus et détourne la tête. Elle n'a rien contre les gens qui se battent, mais n'apprécie pas les souvenirs en solitaire, heureux et affichés du père. On doit terminer les plats, même si on a trop. Mangeons, taisons-nous.

Lorsqu'il lui arrive d'aller goûter dans d'autres familles, la petite remarque moins de liberté de parole des parents. À son jeune âge, elle considère qu'elle ne devrait pas savoir où la mère veut être enterrée, ni avoir été choisie pour débrancher son respirateur. Elle s'en rend compte en parlant avec ses camarades d'école, à qui elle demande où et comment souhaitent mourir leurs mères et qui n'en savent rien. Elle aimerait, elle aussi, avoir droit à son enfance, comme Magali, et elle se sent capable, au prix de peu d'efforts, de vivre dans l'innocence. Elle aime quand la vieille lui donne des surnoms qui la rapetissent, quand elle la protège du monde des adultes en lui parlant de petits lapins et de fleurs. Elle aime la vieille prenant sa défense auprès du curé qui la dit bigleuse, de la maîtresse qui la trouve timide, elle aime sa cuisine, ses soufflés, son indulgence pour tous, même pour le vieux, que la petite aime aussi, parce qu'il doit l'emmener à la chasse, un été prochain, et en voyage, bientôt. Elle attend sa majorité pour partir vivre à leurs côtés. Elle aime les nuits chez eux, où elle peut veiller tard.

Après le dîner, le père et la mère veulent se parler. La sœur, le frère et la sœur doivent immédiatement réintégrer leurs chambres. Le chœur chante. Nous sommes des enfants, des enfants différents. Nous n'avons pas le même âge. Nous voudrions veiller. Nous sommes liés par le sang, mais nos formes n'ont rien à voir, la couleur de nos yeux diffère, voyez vous-mêmes, nous sommes des êtres particuliers, même quand nous mangeons les mêmes choses. Nous portons les mêmes vêtements, nous allons en vacances au même endroit, pratiquons des activités similaires. Qu'y faire ? Nous souhaiterions pourtant bénéficier de traitements différents. J'ai quinze ans, j'ai le droit de regarder le film jusqu'au bout, pense la sœur. À trop nous faire croire que le film est fini, vous ne nous donnez pas tellement le goût d'aller au bout des choses. En plus, nous ne sommes pas dupes, pour qui nous prenez-vous ?, et nous n'apprécions guère que, échangeant un regard complice, vous profitiez de la fin d'une séquence pour éteindre et vous étonner à haute voix, Tiens ! ce film se termine vraiment en queue de poisson. Ne nous prenez pas pour des cons.

Trompant le père et la mère, le frère ferme violemment la porte de sa chambre, mais il reste à l'extérieur afin de pénétrer sans bruit dans celle de la sœur, où la petite est déjà entrée. La grande déguise la petite, en cachette de la mère, à qui elle emprunte du rouge à lèvres et des fourrures.

La mère considère l'entente de ses enfants avec bonheur. La grande et la petite remplacent de façon exemplaire les jumelles dont elle aurait rêvé, pour ne pas avoir, hélas, à accoucher trois fois. Et quand elle entre finalement dans la chambre de la grande, ayant constaté le vide dans les deux autres chambres, et qu'elle surprend la sœur de quatorze, quinze, seize ans, qui borde la sœur de quatre, cinq, six ans contre le frère maquillé, la mère referme doucement la porte.

Ce sont des enfants, pense-t-elle, il y a plus urgent, je dois m'occuper du père.

Nous sommes des enfants, nous le croyons et nous en recevons la confirmation du lever au coucher. Nous sommes des enfants, des êtres pâles que l'on protège du soleil avec des chapeaux, des vêtements, afin qu'ils demeurent comme on les a faits, afin que leur couleur initiale ne passe pas. Nous sommes des enfants, gracieux, polis, à part le frère et sa tourmente sexuelle, la sœur et ses dents qui fouillent ses joues. Quand la petite s'endort, le frère au ventre et la sœur à la main, elle pense aux caresses qu'elle recevra plus tard, imaginant le père qui les donne à la mère. Elle a une idée claire de ce que le mari, un jour, demandera, et ça ne la dérange pas. Elle le voudrait brutal. Comme le père, qui ne l'est pas. Comme le vieux, peut-être, qui a fait sur la bonne.

L'âne est si doux, quelle poisse.

La petite a le sommeil léger. La menace d'un danger l'empêche de s'endormir. Elle lutte longtemps avant de succomber, mais un rien l'éveille en sursaut. La petite entend la mère hennir. Elle sort du lit de la sœur, s'approche de la chambre des parents. Le père est en train de raconter le problème des vieux et le déroulement de l'affaire. La mère implore Dieu puis tous les saints, elle assure le père de son soutien. Elle a du mal à entendre une telle chose de ses propres oreilles, même si elle est flattée que le père se confie.

À deux, ils tranchent, ils prennent le parti du vieux : la vieille perd la tête. Et on va l'enfermer. C'est triste. Le vieux n'est pas coupable. C'est impensable, il est connu au village, pour sa droiture, sa promenade avec des bancs et des fleurs. On l'emmènera vite consulter à l'antenne psychologique, car l'accusation de la vieille a dû lui porter un terrible coup.

Le nombril de la petite bat, puis cesse. Soudain, elle ne sent plus son nombril. Elle le touche, il est rentré, caché, comme les autres nombrils. La petite grandit. Le battement cède la place à un frémissement. La petite vibre au fond d'elle, au risque de découdre le nœud de sa naissance, d'en éclater le bouton. La petite contient une violence trop grande, elle regarde son ventre agité, du cou aux cuisses, comme un cœur, elle tremble, elle est le centre, le devient. Elle pousse un cri. La mère ouvre la porte et constate. Sous la chemise de nuit, les cuisses de la petite sont noires, jusqu'aux genoux. La petite frappe la mère. Sa main s'abat sur la mère, qui lui en retourne une, Mademoiselle écoute aux portes ? Mademoiselle cogne sa mère ? Mademoiselle fait sous elle ? Regardez ma moquette ! Le père adresse un sourire triste à l'enfant, mais il ne la défend pas. Allons, dit-il, retourne dans ta chambre, change-toi, nous t'expliquerons ensuite, va, va. Il laisse la mère lui tirer l'oreille. Il ne moufte pas, pendant que la mère met les enfants dans le même sac. Elle claque les portes et les grands se lèvent. Elle avait le père pour elle, le temps d'une conversation, et les enfants gâchent tout, les enfants devraient disparaître, sacs à papier, et tout irait mieux, sans eux, comme avant. Les parents perdent la boule à cause des enfants. Et le frère rit, lorsque la mère dit boule. Le père pense aux peintures, à la fragilité des poignées, aux voisins. Quand elle nous traite de grossiers personnages, le front de la mère se creuse, ses cheveux dansent. La sœur mord ses joues, serre les poings, durcit les doigts, cherche à consoler la petite, prépare le pouce mouillé qu'elle voudrait lui enfoncer dans sa bouche sèche.

Le sommeil ne vient pas. J'étudie l'empreinte de la grenouille sur le visage de l'âne. Tant pis, un péché pour un bien. Je le défais du drap qui nous recouvre, afin que le moustique le pique à ma place. C'est navrant, mais j'ai une peau de blonde. Dors mon cœur, dit-il. Quelque chose dans son timbre de voix ensommeillée me rappelle soudain celui d'un canard. C'en est trop. Il faut me comprendre, j'ai été élevée dans le dégoût de la nature, et si mon lit accueille chaque soir davantage d'animaux, comment tenir, comment dormir ? J'allume encore, et je vérifie. L'âne s'étonne, ouvre plus grands les yeux, me contemple comme sa femme, et dit que je dois à tout prix débrancher ce coucou auquel je tiens, il l'a bien compris, mais qui nous empêche de nous endormir paisiblement. Je lui réponds qu'il lui reste vingt-huit minutes pour s'assoupir avant les coucous de deux heures. Et j'éteins. Je ressens parfois un malaise à penser du mal de quelqu'un qui me veut du bien.

À l'inverse, il m'est arrivé d'espérer tant de bien pour la vieille, dont j'avais pourtant, ne m'opposant pas à son enfermement à l'hospice, anticipé la chute. Je ne suis pas tout à fait humaine.

La petite ne sait pas si la vieille la voit comme elle est réellement. Sent-elle commencer à grimper le chiendent autour de ses mots d'enfant ? Un voile sénile opacifiant son cristallin, la vieille distingue le monde avec difficulté et approximation. Ce flou est pris par tous comme la preuve d'une dégénérescence plus profonde (CQFD, conclut la mère, et le frère rit sur la deuxième consonne), mais la petite y décèle un digne retrait du monde et l'entrée dans une vie à soi. Comme convenu, le soir de Noël, on garde au secret le grand départ pour l'hospice. Mais la vieille, qui n'est pas dupe, trouve extravagante cette valise à roulettes qui l'attend sous le sapin. Le père lui promet un cadenas, spécifie que les compartiments intérieurs, les pochettes intelligentes, le faux fond, lui serviront de coffre à effets personnels. Le coude de la mère heurte celui du père, la sœur demande pourquoi pas ce soir, et le vieux, feignant de blaguer, la contraint au silence, plaquant sa nouvelle écharpe en bâillon sur sa bouche. Retire tes sales pattes de la gamine ! vocifère la vieille. Un cadenas, mes enfants, mais quelle utilité ? interroge-t-elle ensuite. L'insécurité, répond la mère.

Un priapique, ça ne vole pas, si ? demande doucement la vieille au vieux, car il reste malgré tout son unique repère en sciences naturelles.

La sœur, le frère et la sœur jouent avec la valise comme ils l'ont jadis fait, avec les lunettes, le goitre, les béquilles, ou la canne de la vieille. La petite avouerait volontiers ce qui se trame. Mais elle peine à devenir celle qu'elle voudrait être, la plus forte, la plus sensible, et la plus juste. Alors elle est muette. On la juge timide. Balivernes. Elle tourne sa langue dans sa bouche en attendant de savoir et non d'oser. Elle se fait une idée, elle prend des notes, il lui faut du temps.

Au petit matin, la vieille quitte sa chambre, sa maison, son pain quotidien, sa valise à bout de bras. Le père et la mère la conduisent dans une demeure avec un jardin, une mare et un cygne aux beaux jours. C'est dit. La petite est du voyage, avec au cœur un sentiment de lâcheté qu'elle n'aura plus à éprouver de sa vie entière. Elle participe à l'abandon de la vieille. Et la mère insiste sur l'utilité des roulettes, elle dit Donnez-moi la valise ou faites rouler, mémé, vous allez vous tordre les reins. Elle félicite l'inventeur de ce nouveau type de bagages, son esprit pratique, ce soulagement pour le dos, et le cou, on n'y pense pas assez et pourtant le cou se tord sous la pression d'un poids. La mère prend la situation avec légèreté. Là ou ailleurs, pense-t-elle, de toute façon il faut bien finir quelque part. N'est-ce pas une jolie surprise ? Ses pensées rebiquent, ses paroles chantent, comme le bolduc rose et or que la vieille n'a pas encore retiré de la poignée. Tout cela est festif et doit le rester. Il y aura un cygne aux beaux jours. Chaque enfant a collé un petit autocollant sur la poche avant. Mangez des tripes. Mamie je t'aime. L'Aqualand d'Antibes vous remercie de votre visite. Je n'ai pas trouvé de faux fond, dit la vieille, mais j'ai emporté mon maillot de bain. Elle aimera son fils jusqu'au bout, et puisqu'il la veut dingue, elle, plutôt que le vieux, elle deviendra dingue. Pour assurer à son fils une existence paisible avec son épouse, elle lui prouvera qu'il a fait le bon choix en l'écoutant et remerciera avec déférence et gratitude pour l'établissement privé, privé n'est-ce pas, on ne te met pas n'importe où, promet le père ; *installe*, corrige la mère, on ne vous *installe* pas n'importe où.

Je rallume la lumière, tant pis, je dois me cogner à la réalité de l'âne, ne plus fermer les yeux. Il ouvre les siens, je lui souris, je lui murmure de se rendormir, puis je fais le tour du lit, je m'accroupis et je regarde sous ses pieds. Soulagement : ils ne sont pas palmés. Mais c'est bien ce que je pensais, me dis-je, me retenant de cogner dans le matelas, il a un cor, il ne sait pas se soigner, il mijote, il macère, j'en ai marre. Demain matin, je lui dirai tout, le cor à l'orteil et la petite peau là-haut, je lui dirai, et s'il a la bonne réaction, je lui annoncerai que je suis peut-être d'accord pour la rencontre avec ses parents.

Le vieux reste debout devant sa maison tandis que la voiture s'éloigne. La petite se retourne pour agiter une main, l'autre glissée dans celle, froide, de la vieille. L'humidité tombe et recouvre le vieux d'un costume de remords, il devient gris. Si la maison prend feu, il ne le remarquera pas. Penser d'ailleurs à m'opposer au signal anti-fumée que l'âne souhaite fixer près de la chaudière. Trop de précautions. Il y a déjà eu la discussion dégradante sur le choix de l'assurance : Watts and Spoon a gagné. Une société anglaise. L'âne dit Wots. D'ailleurs, ça me fait penser que, si je lui change le sourire pour lui en mettre un niais, je perds la forme de sa bouche quand il parle en anglais. Je dois donc m'arranger pour lui garder ses dents et ses gencives inférieures, je ne dois rien bâcler. La greffe est un travail minutieux, j'y travaille avec rigueur.

Dès son installation, la vieille dort dans le fauteuil, pliée, loin du vieux qui ronfle et n'entend plus qu'elle pleure ; elle refuse le lit, la télévision, la lecture et la visite, même celle de la petite, à qui la mère explique que, de toute façon, l'hospice n'est pas un endroit pour elle. Lorsqu'on se rend compte que la vieille dort assise, on se met à plusieurs pour la convaincre de s'étendre, invoquant des préventions circulatoires, mais elle refuse, elle dit qu'au lit c'est là qu'elle retrouvait son mari. Si près, ajoute-t-elle. On croirait à une douleur de veuve. On n'insiste pas. On comprend. On en parlera aux réunions des soignants. Afin qu'elle s'habitue à son nouveau lieu, il est décidé de respecter sa volonté. Sa mauvaise humeur lui passera. Elle retrouve l'entièreté de son bon sens quand il

s'agit de bouder. Mais infliger cela aux gens qui veulent son bien, dit la mère, quand même, ce n'est pas
courtois. La vieille lève la tête toutes les heures en
direction de la fenêtre. Elle guette, mais quoi ?
À quelle heure passe le coucou ? demande-t-elle aux
auxiliaires de vie.

Le vieux dîne souvent chez le père et la mère et
confie à la petite qu'il voudrait serrer la vieille dans
ses bras, mais quand il se présente, là-bas, dans la maison où il l'a mise, elle refuse de le voir. Je suis ton
mari ! dit-il en la forçant, laisse-moi te tenir contre
moi. On le prie de ne rien brusquer. Au pied de sa
fenêtre, il tape sur les graviers, pensant lui rappeler le
temps de leur jeunesse. Elle aimait quand, d'un claquement des talons, il l'invitait à danser un tango.
Mais la danse est finie. Alors le vieux s'en va. Il
regarde la photo de la vieille, celle qu'il porte dans ses
papiers depuis quarante-neuf ans, celle dont elle dit
toujours qu'il devrait s'en défaire. Elle n'est plus cette
femme-là depuis quarante-neuf ans.

Le vieux rentre. Il traîne dans le garage qu'il a
refusé de transformer, comme la vieille l'espérait, en
véranda avec une balancelle et une table basse. De ce
garage, il n'a rien fait, feignant seulement d'y retaper
une voiture qui ne roulera qu'en poussant, il le sait
depuis toujours. Quand la vieille réclamait un petit
bout de garage pour entasser le vieux linge, le matériel de jardin, il le lui refusait.

Vient le début d'un lent et long supplice, le vieux sent pousser en lui une mauvaise graine. Il monte sur le vélo de la vieille et pédale, genoux au menton. Le vieux est grand. Il attend de tomber pour s'arrêter. Il traverse un village que la vieille aimait bien, à cause de sa couleur, disait-elle aux amis, mais le vieux ne voyait pas ce qu'elle voulait dire par là. Il cherche la couleur, ne comprend toujours pas. Voulait-elle dire lumière ? Il s'arrête. La nuit tombe.

Dans un musée, visiteur égaré, il choisit une statue de femme plus haute que lui. Il lui touche les hanches, lui embrasse le ventre et s'accroche à ses cuisses comme un petit enfant à sa mère de marbre. Le gardien du musée vient desserrer l'étreinte, et le vieux le supplie de le laisser encore caresser la statue, il doit calmer ses mains. Mais le gardien refuse, et il ne reste au vieux qu'à se perdre dans les rues. Il pédale à nouveau, mais la grille de l'hospice est fermée pour la nuit. Il la secoue, appelle, et voit à peine, au loin, un torchon sur les genoux, sa vieille assise à la fenêtre, qui épluche ses doigts.

Coucou, exulte la pendule cinq fois de suite. Et l'âne se retourne en grognant.

Dans la ville, le vieux choisit une fille et monte avec elle dans une chambre de passe. Elle se met nue, lui demande de se presser un peu. Plus vite mon vieux, dit-elle. Mais il reste habillé, il dit qu'il aimerait seulement la serrer contre lui. Il la tient, et doucement s'apaise sur le cœur de la fille. Il décrit son manque, le manque de la vieille qu'il aime, et tout ce qu'il donnerait, maintenant, pour réparer. Il raconte aussi le mal qu'il lui a fait. J'ai bientôt terminé, dit-il doucement en desserrant l'étreinte. Alors qu'il se calme, au contact un peu tiède de cette joue posée sur son épaule, la fille bâille.

Il ne retrouve pas sa bicyclette, et il court comme il pédalait, les genoux remontés à la poitrine. Il s'allonge dans un champ, continue, sur le dos, à secouer ses deux jambes. Il voudrait se débarrasser de la mauvaise graine. Une fois germée, peut-être donnerait-elle de beaux chardons. Il se souvient d'un séjour à la mer, où sa vieille l'a tanné pour faire du pédalo. Elle avait mis des semaines à préparer le voyage, elle disait, indécise, Je dois penser ma valise, espérant plaire à son époux. Lorsque son regard appelait un compliment, il se moquait de sa façon de se vêtir et riait de sa propre chance : Miss Monde 1802 ! Deux vrais fémurs, pas de ferraille, rien que de l'os ! Au milieu des insectes, il se sent froid, inerte. Plus tard, on le ramasse. Un homme dans le froid, couché, qui parle de pédalo, veut se faire enfermer.

La vieille ne se brise rien quand elle tombe de son fauteuil, une carapace épaisse a recouvert son dos. Sa tête roule en avant et son corps suit son cou, elle s'enroule sur le sol, comme un gros escargot.

La petite, traître, complice, n'a pas sauvé la vieille, elle a laissé le père et la mère l'interner. Elle est petite, sans doute, mais a la conscience suffisante pour se tenir en travers d'une route et empêcher les choses graves. Pliée au pied de son lit, après une marche à genoux sur la moquette en corde pour payer sa grande faute, la petite s'engage à dormir sans matelas. Mais, très vite, elle se ravise, et sous les draps, en caressant doucement ses brûlures aux genoux, elle demande à mercredi d'être meilleur que mardi.

Ils sont très bons, ces yogourts. Ce soir, je rentrerai tard. Le mercredi, j'ai tennis. Ça ne te dérange pas ? demande l'âne.

Pas du tout, je t'attendrai.

Mais si tu as trop faim, mange, je grignoterai quelque chose au snack.

Les mots de l'âne me font des grenouilles. Je suis toute snack. S'il me reparle du chat pour sa mère, je m'oppose, en représailles, à un déjeuner avec ses parents.

J'ai fait traîner, mais maintenant que nous vivons sous le même toit, déclare-t-il, ce serait bien que je te les présente.

Plus convenable ?

Non, gentil.

L'âne prend son sac-saucisse de sport, c'est le départ au bureau. Dès le matin désormais, il nous faut, sur le pas de ma porte, devenue notre porte, mêler nos langues. Tournons, dans un sens, puis l'autre, en avant, roulons, ses mains sur mes hanches, mes bras le long de mon corps, à lever jusqu'à son cou, tout de même, faire un effort, marquer le matin d'une attention qui lui fera la journée, caresser sa nuque. Teckel, me dis-je, teckel, le contact de ma main sur ses cheveux. Je garde le piano, il descend l'escalier. Il se gratte l'épaule. Fichu moustique. Je t'appelle, me dit-il. C'est bien ma veine. Il remonte. Pardon pour tout à l'heure, j'ai été impatient. Ce n'est rien, lui dis-je, mesurant ma chance de l'avoir rencontré, mais incapable pour autant de lui donner de l'amour. Il pose sa main sur mon ventre, il lui arrive de le faire n'importe quand, il faudra lui dire de cesser. Chez ses amis, l'autre soir, il s'est levé de table pour aider, mais, au passage, il a posé sa main sur mon ventre et tout le monde m'a regardée, j'ai bien noté les sourires, gentils mais avides.

Je referme la porte, soulagée à l'idée de cette longue journée de ménage, je dois commencer par nettoyer avant d'écrire, ranger tout ce que l'âne a touché, déplacé. Je commence par repousser au fond de la bibliothèque les objets qu'il a apportés, et surtout le bougeoir que lui a fabriqué sa filleule. Il l'a posé en évidence, ravi de me raconter la discrétion de cette fillette qui n'a pas osé lui avouer que le serre-tête de pom-pom girl gagné au parc d'attractions où il l'avait invitée lui sciait le crâne. Alors, dans la voiture, sur le chemin du retour, elle ne parlait plus, et quand il s'est inquiété de ses joues roses, de son front blanc et de ses yeux brillants, elle a juste demandé la permission de retirer son bandeau, avant de pousser un soupir de soulagement et d'avouer qu'elle n'avait pas voulu le peiner. Cette enfant est une merveille, dit-il. Et moi qui m'y connais en enfant bien élevé, je lui réponds que ça lui passera. Mon manque de douceur ébranle l'âne, qui préfère finalement croire à une provocation et me caresser tendrement la tête.

Le problème du mercredi, que la petite ne passe plus chez les vieux, est la conversation avec la mère, et surtout le thème de la fuite, qui revient souvent et effraie l'enfant. La mère craint toutes sortes de fuites, d'évier, de gaz, mais aussi les fugues, les bavardages sur les règles ou les fuites urinaires. La petite soup-çonne chez elle une retenue et craint, par conséquent, un relâchement. L'énergie maternelle, déployée à défendre des causes ou à s'y opposer rageusement, rappelle le mouvement de vide et de plein d'une chasse d'eau. Regarde un peu l'inconscience des imbéciles ; sous prétexte que le fœtus est un être humain, on pond des débiles, et par six ! peut-elle brusquement dire à l'enfant paisible, après lui avoir réclamé le silence durant une matinée entière. Dans dix ans, je quitte ce pays de veaux et je me reconvertis dans le paréo. Pour la présentation aux petits-enfants, rendez-vous à Zanzibar. Je t'en prie, le jour où tu seras enceinte, n'accepte jamais de garder un enfant anormal, s'il te plaît, avorte, je refuse de devenir la grand-mère d'un légume. Si tu peines à devenir mère, ne t'abaisse pas, n'aie jamais recours à l'adoption. Ce pays part en quenouille. Ça n'apporte rien d'avoir des enfants, je t'assure. Du bonheur, croit-on. On dit même délivrance !

Devant la photographie de la parturiente quinquagénaire que la mère lui montre avec dégoût, la petite calcule qu'avant d'engendrer mieux vaut faire allégeance à la mère plutôt qu'à la grand-mère, qui servira moins longtemps, c'est mathématique. À contrecœur, elle examine les pages du magazine, comme si de rien n'était, mais une petite voix lui dit que, avec les antécédents, ce sera compliqué d'enfanter. Qu'est-ce qu'un antécédent ? Un préfixe, répond la mère, contrairement au suffixe, qui vient après. Je suis ton suffixe, lui dit alors la petite. La mère la trouve adorable. Cette définition entrera dans le carnet de ses mots d'enfant, avec y a le pipi qui arrive, j'ai mal aux chaussettes, j'aimerais être une girafe pour garder le goût du bonbon plus longtemps, et si mon anniversaire est trop loin, on n'a qu'à y aller en voiture.

Chaque soir, désormais, la mère et la petite prient leur bon ange de donner la force au vieux de vivre seul, sans la vieille, à laquelle on souhaite de partir le plus rapidement possible et sans souffrance. La petite sent que ça cloche avec ce dernier vœu, mais elle préfère laisser sonner dans le vide. Elle réclame le coucou des vieux à sa mère. La mère noue son foulard autour de ses cheveux, avec l'adresse d'une infirmière fixant une bande. Elle assure à l'enfant qu'elle ira à la chasse avec le vieux, comme prévu, l'été prochain, elle ajoute d'ailleurs que, si la petite apprend à viser correctement, elle l'embauchera volontiers comme tueuse à gages pour descendre quelques boulets de la société. Pour le coucou, elle finit par en parler au vieux, qui accepte bien volontiers de l'offrir à l'enfant, mais la mère prévient la petite qu'elle ne pourra en aucun cas l'accrocher sur un mur de sa chambre. La mère compte bien, d'ici son émancipation, enseigner le bon goût à sa progéniture. Et quand la mère reprend le fil, doucement, et répète, malgré le bruit du lave-linge, que l'on doit tuer les larves, abréger l'agonie des vieux et brûler les violeurs d'enfants, quand elle gronde la petite, ça la rassure. Et elle se serre contre elle, le cœur en paix, la mère là, et le coucou en contrebas.

Je ne peux pas m'opposer à la présence des objets de l'âne. Toutefois, son vase chinois gagnerait en simplicité, placé dans l'entrée, en guise de porte-parapluies. Exposé comme il l'est dans le salon, il me donne envie d'inviter sa filleule et de lui proposer un jeu de balle. Essayons plutôt de le déplacer. Si l'âne s'offusque, je lui adresserai des excuses et je retirerai aussitôt les cannes et les parapluies. Un semblant de tactique s'impose. Pas question de le cacher d'emblée derrière une porte. D'abord l'installer en évidence, au beau milieu du couloir, afin que l'âne, par précaution, le repousse lui-même contre le mur. Si je m'y prends adroitement, il est probable que je puisse par la suite agir de même avec son sucrier en argent, Empire, insiste-t-il. Empire, sans doute, mais qui ressemble à s'y méprendre à un trophée de boxe.

La sœur couche plus loin, au fond du couloir, derrière le placard à balais, derrière le placard à vide-ordures, derrière le placard à vaisselle. Quand c'est l'heure du bicarbonate, on frappe à sa porte. Si on l'appelle, elle ne répond pas. Si on frappe, elle dit Attendez. Si on entre de force, elle crie. Elle a fait installer un verrou que la mère a fait sauter d'un coup d'épaule. À présent, il y a un trou dans la porte, un trou à la place d'un verrou, par lequel la mère pourrait éviter de regarder la grande qui épie par ses propres trous le triomphe de la femme germant en elle.

Un jour, la mère regarde, sans voir, toujours sans voir, elle jette un œil dans le trou pour s'assurer qu'il y a bien un trou, et non un verrou, mais la grande a prévu le coup. Elle enfonce dans le trou une pique à fondue, et la mère hurle, avant de s'effondrer. Le frère accourt, appelle, secoue la mère, qui sort de sa stupeur, la main posée sur l'œil, réclamant de l'aide, du coton, une éponge, pour absorber le sang qui coule, invisible. Et le frère l'embrasse doucement, il perd sa couleur. D'une main, il lui caresse les cheveux ; de l'autre, il attrape discrètement son sexe et s'étonne, touchant sa mère, de ne pas bander davantage. Alors il pleure, il pleure son impuissance, en attendant l'arrivée des pompiers. La petite dénombre les angles sur le corps de la mère étendue, trop frêle, sans courbes, elle a peur pour elle. La mère pense ne plus jamais voir, de cet œil-là en tout cas. Il lui faudra exercer l'autre, patiemment, avec une pensée pour ceux qui perdent leurs deux yeux, risque de dire le père, à bout d'arguments, au bout d'un moment.

Vite. Terminer le rangement des effets de l'âne et me mettre au travail. Sa trousse à lentilles est à rayures, comme ses chemises. Parfois, quand il me parle, je compte les raies. Le grand bidon de solution oculaire prend trop de place, je le range avec les produits ménagers, sous le lavabo. Les poils de sa brosse à dents sont avachis, à cause de l'émail de ses grosses molaires, alors je la remplace. Je sens les commissures de mes lèvres s'abaisser, pendant que je fouille cette fois dans sa trousse de toilette et en extirpe un pansement mouillé, un tube de crème, un peigne, des pastilles, un échantillon de parfum et une lame sur laquelle je me coupe. Je m'ouvre le pouce contre le rasoir en liberté. Sa tête coupante n'était pas protégée. Elle était en vrac, découverte, comme la mienne, perdue et pourtant prête à trancher quiconque l'approcherait. Je lui jette son rasoir. De toute façon, je veux que l'âne ait une barbe, une paroi moins lisse, une rugosité à laquelle m'accrocher.

La petite force la mère à retirer sa main de son œil. Ton œil n'a rien, elle t'a ratée, lui dit-elle. Vous allez voir de quel bois je me chauffe, hurle la mère, mettant les trois gosses dans le même sac. Elle gifle la sœur, à lui fendre la peau des joues. Il vaut mieux la mettre au coin, murmure la petite, c'est ce qu'on dit, en général, à propos des règles d'éducation : le coin plutôt que la gifle. Le téléphone sonne.

Ce doit être l'âne qui veut me raconter quelque chose, il a noté que j'aime bien les histoires de couloir, de bureau, je lui demande plus de détails, il l'a remarqué, je m'intéresse beaucoup à ces histoires, je retiens les noms des collègues, je les inscris dans un livret. La mère vocifère, c'est sûrement le père qui appelle, le sauveur, toujours au bon moment, à point nommé. La mère bouge les bras, manque de faire tomber les trois vases précieux de la table roulante où elle les a négligemment rassemblés, comme des vieilleries, refusant de les mettre en valeur dans une vitrine ou sous un éclairage, afin qu'en cas de vol on ne les remarque pas trop. Elle ordonne que la petite réponde, mais le téléphone est introuvable, le frère a dû l'emprunter pour une expérience. Alors le téléphone sonne, et la mère hurle de répondre immédiatement, tandis que la sœur hoquette au fond de la pièce. Sa bouche se tord, son nez coule, un ronflement sort de ses bronches tandis qu'un rouleau broie son âme. Elle se soumet sans y répondre au questionnement incessant de la mère, Pourquoi moi et pourquoi mon œil ?

La petite essaye de faire oublier la sonnerie du téléphone en s'affairant à le trouver. La mère cesse alors de hurler contre la sonnerie. La petite s'approche de la sœur et la tourne vers le mur. Va au coin, lui dit-elle, tu l'irrites, tu as tout de même failli lui crever l'œil.

La fatigue s'abat. Je souhaite rester éveillée, continuer d'entendre, de voir, ne pas disperser l'énergie, la tenir vaillante, pourtant tout dégringole, la journée travaille à quelque chose et le sommeil vient aussitôt l'en empêcher. Il me prend entière, au sortir du lit, rien n'y fait, il faut pourtant tenir debout, droite, pas trop couverte, la chaleur endort, tout concourt à m'assommer, m'empêcher d'écrire, je voudrais lire, mais là encore le sommeil me tombe dessus. Est-elle normale, cette fatigue ? Il y a soudain quelques minutes de grâce durant lesquelles j'accomplis, sans même m'en rendre compte, le travail d'une journée. Le téléphone, l'écriture, les choses diverses, manger, acheter de quoi, ranger, nettoyer, boire, penser, lire, tout terminer. Ces minutes me laissent morte ; juste après, je ne me souviens plus de rien, je suis étonnée par le travail abattu, les papiers rangés, le texte écrit, la maison lavée, le dîner prêt, je ne me souviens jamais de rien, j'ai la mémoire douteuse, trop courte ou si diluée qu'elle me laisse en état de rêve. J'ai honte, peur de poser la même question plusieurs fois à la même personne, je ne sais plus si j'ai rêvé ou pas, alors je ne me souviens pas de tout. Que faire ? Ai-je vraiment pris un rendez-vous ? Jeudi midi j'ai inscrit quelque chose sur mon agenda que je ne peux pas relire. Avec qui ? Où et pourquoi ? Je trouverai la clef dans un prochain rêve. Qu'importe, j'écris, me dis-je, alors j'ai tous les droits. Mais, quand même, c'est injuste. Et le sommeil me prend à nouveau, il faut pourtant attendre encore avant de retrouver le lit, à cause de l'âne, dont je dois célébrer le retour, quelle heure est-il ? Inertie. Je ne peux plus réfléchir pendant les heures prochaines. J'allume, j'éteins, les yeux gorgés de sommeil et la peau qui me tire. Je sors, j'ai remarqué que parfois l'air, le bruit de la rue me réveillent. D'autres fois, au contraire, ils m'assomment davantage. Je peux tomber, comme dans une pièce avec du monde. Je tombe de sommeil quand le bruit est fort. Dans la rue, s'ils voient mes yeux au moment où ma nuit attaque, les gens peuvent me prendre le bras, me demander si ça va, mais je ne veux pas qu'on me touche, rien ne peut m'extraire de moi-même. Je me dégage brutalement. Quelquefois, sur mon passage, les enfants changent de trottoir, je crois que je traîne les pieds, je pense que mon visage pend, et je longe les murs, mes jambes s'accrochent aux saletés, aux papiers gras, aux flaques, aux chiens qui rasent les murs. C'est écrire qui m'endort, écrire qui me réveille, la lutte entre les deux est toujours écriture, c'est mon problème, c'est à moi de décider si je peux encore écrire ou pas.

Dans la famille de la petite, l'un décide et les autres suivent. Il arrive que le décideur soit conseillé par une épouse ou par une mère, mais, une fois la décision prise, les conseillères s'effacent. Il arrive au décideur de s'enquérir de l'avis du membre le moins fiable de la famille, montrant ainsi une certaine bonne volonté à étendre la démocratie à l'intérieur du nid. Même si la décision ne lui appartient pas, le vieux est présent à cette réunion pour la forme. Il a exprimé sa volonté d'être enfermé avec la vieille et, une fois la chose dite, il ferme les yeux et pense à ce qu'il aimerait manger, ainsi qu'aux pays qu'il visiterait s'il retrouvait l'entière mobilité de ses jambes.

Tanzanie ? Sénégal ? Je dois le lui dire ce soir, m'efforcer de dresser une liste avec mes préférences pour la cuisine, rustique, moderne ou traditionnelle, range-bouteilles et cache-hotte.

Le vieux s'imagine étalant du jambon de Parme sur les chevilles de la bonne. La béquille médicamenteuse fait effet sans prévenir et il entre soudain en euphorie. Se dressant, il tape dans le dos du père, dans celui de la vieille, comptabilise à haute voix le nombre de camping-cars qu'il va acheter, puis, accablé de nouveau, assommé par le plafond trop lourd, il s'immobilise et se laisse tomber sur la chaise qu'on lui tend. Il est happé par des hallucinations de gigue de chevreuil, de pâté de tête, de sandwich au pamplemousse et de pièce montée. Il note discrètement ces éléments au dos de son chéquier, afin d'en parler au docteur, car, chaque fois qu'il veut détailler les drôles d'idées qui le traversent, il ne se souvient plus d'aucune. La mère lui a acheté un carnet avec un cadenas, pour que les enfants ne lisent pas les mémoires du grand-père, mais il l'oublie. Il perd la clef.

Le père est seul décideur du sort des vieux. Il met toutefois un point d'honneur à commencer toutes ses phrases par Nous. Et le vieux, entre deux visions, demande Nous ? Qui ?

Toi, entre autres, répond le père, patient et compréhensif. Vieux salaud, pense le père, comédien, misérable, saleté, il n'est plus l'heure de perdre la boule.

Le vieux n'a de cesse d'expliquer qu'il souhaite vivre avec la vieille, dans cet hospice. Il prévoit pour la suite une inscription aux « Sénioriales », un lotissement de demeures individuelles réservées aux personnes âgées mais vaillantes, aimant les randonnées, le bon vin, la compagnie et la piscine. Pour la petite, comprenez-moi, radote le vieux, je veux cette piscine pour la petite. Je dois lui apprendre à plonger. Quand le père signale que ce projet ne correspond pas aux volontés de la vieille, le vieux signale à son tour que, jusqu'à nouvel ordre, c'est lui le chef de famille. Là, le père opine, puis, se rendant compte que la vieille agite la tête dans l'autre sens, il réfute à son tour, et ça l'agace d'être un béni-oui-oui. Le vieux se demande quel genre de voyage offrir à la vieille. Un safari ? lance-t-il à la cantonade. Juste après, il pense au voyage promis à la petite.

Non, surtout pas un safari, pas la grande voiture surélevée, l'âne et moi bien protégés, avec une gourde, l'eau au goût de ferraille, un aspi-venin, une radio reliée au tour-opérateur qui vient dépanner en deux heures, où que l'on se trouve, et l'âne, s'il n'essaie pas de me grimper dessus sur la banquette, qui va me photographier devant les lions, et on dira aux amis combien on a eu peur des éléphants qui chargent, et comme la lumière était rose, surtout tôt le matin. Ah ! oui mais, en vacances, on est plutôt lève-tard, diront les amis. Je dois trouver une destination sans safari ni langue anglaise, la lui donner ce soir, après son tennis, sans prendre mon air snack. Mais j'ai tellement sommeil, je vais dormir dix minutes.

Plus tard, j'irai faire des courses et je rapporterai du pain. Avec les biscottes, l'âne fait des miettes et, quand il s'en aperçoit, il prend aussitôt l'aspirateur pour ramasser les graines, dit-il, peu m'importe, c'est le mot, je pourrais le cogner un jour, pour un mot pareil. Pour l'instant, ignorer le voyage, me concentrer sur l'immobilisme, chercher la meilleure manière de décrire la lâcheté du père. Pour le moment, dormir un peu, quand même.

Le vieux s'excuse, puis demande pardon d'interrompre la conversation pour s'excuser, alors les larmes lui montent aux yeux, et le père bat des paupières doucement, comme pour l'assurer de son soutien. D'un clignement au ralenti, le père fait passer un message complet, mélange de compassion et d'autorité. Bon nombre de grands hommes lui envieraient cet indéniable charisme, cet ascendant naturel. Je n'ai pas encore décidé si le père deviendra dieu ou roi à la fin du livre. Je m'en laisse la possibilité. D'autre part, il m'arrive de penser que le livre se déroule sur fond de marteau-piqueur, mais j'entends s'accorder au loin, derrière le piano qui me cache la vue, l'armée des violoncelles.

La vieille porte les chaussons en forme d'ergots qu'elle a reçus à Noël. Ses chaussons sont larges et ses hanches tellement étroites qu'elle est contrainte de marcher jambes écartées. Vexée d'être si mal fagotée, elle adresse au vieux un regard effarouché. Il s'approche d'elle, ouvre la bouche et serre les poings, copiant un chanteur de rengaines désespérées, mais il ne parvient à produire aucun son. La vieille implore le père du regard, mais le père la somme de ne pas faire l'enfant. Le vieux l'interrompt, Tu n'y penses pas, mon grand, nous n'avons plus l'âge de faire un enfant. Le père baisse le nez et déclare qu'il va demander deux chambres séparées afin de contenter tout le monde. Les vieux sont mécontents. Lui veut le corps de sa femme, la nuit, collé au sien. Elle se vengera, jure-t-elle, ne se remettra jamais au lit, fermera sa porte à double tour. Et le père signale qu'il n'y a pas de verrou aux portes.

Je n'ai pas voulu demander à l'âne d'en fixer un. J'ai pensé que ce n'était pas à lui d'installer un verrou à la porte de mon bureau. S'il le remarque ce soir, je lui dirai qu'il y est depuis longtemps. Côté couloir, on ne repère pas trop la serrure. Je vais vite ranger la caisse à outils, et un jour, pour être agréable, je le féliciterai par exemple sur son matériel de bricolage performant.

À présent, dit le père au vieux, rentre préparer ta valise. Le père pense à la mère qui l'attend pour servir le dîner. Le vieux songe au trajet du retour. La nuit le paralyse depuis que la vieille n'est plus à ses côtés, il fait un nœud avec ses doigts pour se rappeler d'attacher sa ceinture. Il a envie d'avoir un chien. Il va demander à la vieille qui râlera, ça fait des crottes, ça met des poils, ça sent mauvais, on s'attache, ça meurt trop jeune et ici on n'admet pas les bêtes en dehors de toi. Le silence tombe. Le téléphone sonne. La vieille va répondre, mais le vieux lui soustrait le téléphone des mains. La vieille obtempère, mais prévient qu'aux Sénioriales elle exigera une ligne personnelle. Ainsi qu'un cadran solaire. Histoire d'avoir l'heure, ajoute-t-elle prise de court, et soucieuse de maintenir le père dans la conviction de sa dégénérescence.

La mère s'affole au bout du fil. Il est tard et la grande n'est toujours pas rentrée. J'avais dit sept heures, il est sept heures cinq. La grande avait la responsabilité de la petite. Je sais compter tout de même, dit-elle au père qui lui demande si elle est sûre de n'avoir récupéré qu'un seul enfant. Le vieux se lève et s'arme de la lampe de chevet. Qu'est-ce que tu trafiques ? interroge la vieille. Alors le vieux repose l'objet, il explique qu'il a cru à une attaque. Il se sent lourd. De toute façon, s'il continue à grossir, menace la vieille, l'accès au service radiologique des hôpitaux lui sera refusé ; pour passer un scanner, il devra en faire la demande auprès des services vétérinaires, patienter entre une blonde d'Aquitaine et un cheval de trait. La vieille le menace d'un stage de marche, de connaissance de soi et de jeûne de cinq jours. Il en ressortira amaigri et affamé, croyant à la forêt, voyant Dieu dans chaque feuille, elle le jure, et définitivement constipé sans son chlorure de magnésium ; bien fait pour lui. Reprends-moi et je maigrirai, lui jure-t-il.

Le père regarde sa montre, juge que cinq minutes de retard ne sont pas dramatiques. Il calme la mère, et la vieille l'écoute faire avec jalousie. Elle se demande qui a appris au père le champ lexical de la tendresse, de l'amour. Elle est à la fois fière de l'homme qu'elle entend et étonnée de ne rien lui avoir enseigné de ce qu'il dit. Où l'a-t-il donc appris ? Le vieux a envie de rire, il cherche la vieille du regard, espérant rétablir une connivence, mais la vieille mord ses joues. Le père abrège. Il récapitule : une maison de retraite commune, mais chacun sa chambre.

Quand je parle d'avoir ma chambre, l'âne se cabre. Tant pis pour lui. Restons, si là est son souhait, chaque nuit couchés collés, et puis un jour pimentons le lit, sauvagement, de la pire manière, sans se soucier de l'autre.

La vieille refuse la joue que lui tend le vieux, elle regarde le père s'éloigner. Quand la voiture du père disparaît, la vieille rentre dans l'hospice, tâtonnant longuement à la recherche d'une plante à rentrer et d'un volet à rabattre. Le mur du bâtiment est lisse, les joues de la vieille se fissurent.

Au café, la sœur rit de bon cœur en écoutant les autres. Elle donne un coup de coude à la petite, pour s'assurer qu'elle comprend les plaisanteries. La petite se refuse à réagir aux plus idiotes, mais il est entendu qu'au coup de coude, quoi qu'il arrive, elle éclate de rire. La grande complimente quelques filles sur leurs jolis cheveux, mais ne s'adresse pas aux garçons, dont elle a peur. Elle sent qu'elle ne plaît pas aux garçons de son âge, mais de quel âge alors ? Aucun homme n'aura la patience de lui détendre les muscles de la bouche, ni de s'occuper de son bicarbonate, même si la petite lui assure le contraire en croisant les doigts. La grande s'intégrerait à un groupe si la mère ne l'en empêchait pas en la privant de sortie. La mère lui interdit les soirées lorsqu'elle ne connaît pas les parents, excepté si elle peut s'entretenir au préalable avec eux et trouver leur nom de famille dans les annuaires des grandes écoles. Mais la sœur préfère décliner les invitations. Elle craint par-dessus tout le ridicule de la mère usant de termes militaires pour s'assurer d'une surveillance ou d'un service d'ordre en soirée. Du coup, les amies vexées se retirent comme des vagues. La grande reste seule sur le sable, elle sera bientôt érodée.

Je ne suis pas venue au café pour voir l'homme à la pomme d'Adam. Peu m'importe son absence. Non, je ne prendrai pas de café, je vais remonter chez moi. Je dois bientôt rencontrer les parents de l'âne. Je porte ma robe noire, j'ai une idée derrière la tête, mais je n'irai plus voir derrière ma tête, je ne me retournerai pas. Même si l'homme à la pomme d'Adam entrait maintenant, rien dans les mains, avalant d'un coup tout l'air du café, y mettant le feu, trempant ma robe, je ne me retournerais pas et je partirais.

Son sac à main sous le bras, et tenant la petite bien serrée côté mur, comme l'ordonne la mère, la grande avance vers l'immeuble, et boitant, s'arrête avant la porte. La pluie danse, au ciel et sur la terre, mouille les vêtements des sœurs. Dans la rue, tenue par cette main froide, la petite pense être seule au monde. Elle imagine qu'on lui propose la mission de repeupler la terre. Il lui faut d'abord accepter un premier accouplement forcé avec le seul survivant du sexe opposé, pour avoir, une fois ce devoir accompli, le choix de s'unir soit avec lui soit avec leurs enfants. La grande n'a pas envie de rentrer à la maison, elle voudrait encore traîner au café. Elle emmène la petite avec elle.

On s'attendrait à ce que la grande soit attirée par un garçon discret, mais elle aime le plus polisson, Rodéric, qui, de mémoire, ne l'a même jamais saluée. Elle est dans sa classe, mais il ne le sait pas, il n'a pas le temps. Elle se place derrière lui en gymnastique. Il est mauvais en mathématiques et, quand la grande accepte que le père lui explique certains théorèmes, c'est seulement dans l'espoir, un jour, de pouvoir à son tour les lui enseigner.

Normalement, l'homme à la pomme d'Adam arrive au café entre treize heures vingt et treize heures trente. Il s'assoit sous l'horloge. Quand, à son tour, il tourne la tête pour consulter l'heure, sa pomme d'Adam saille tellement que je crains qu'il n'y prenne un mauvais coup. Ensuite, je n'attends jamais qu'il ait fini de déjeuner. Je me lève et je quitte le café, je passe sous l'horloge, juste devant sa table. J'admets que je fais peut-être un détour, mais, si le café a deux sorties, c'est pour qu'on s'en serve.

La grande doit se décider à rentrer à la maison, elle pense à faire monter la petite, puis à disparaître pour toujours. La petite lui conseille de se mordre l'intérieur des joues, quitte à saigner fort, afin d'éveiller la pitié de la mère. La grande pense à ses habits mouillés, à la fureur de la mère, qui ne veut pas que la sœur, le frère et la sœur prennent froid. Il n'y a aucune sornette qui vaille. La grande ouvre la porte, pousse la petite en avant, et la mère accourt, avec l'envie de les serrer dans ses bras, mais hurlant, où étiez-vous, je me suis fait un sang d'encre ! Et là, exception, la grande décide de plaisanter. On a raté le bus, dit la grande, imitant la voix de la mère quelques jours auparavant. On a raté le bus, il est passé plusieurs fois sans nous voir, sans s'arrêter, nous ne savions pas qu'il fallait lever le bras pour faire signe au conducteur.

Et le frère rit, reconnaissant les propos de la mère. La mère rougit, parle de la pluie, de s'enrhumer, du manque de respect, de la folie du monde, de la responsabilité d'une grande, des viols sur mineurs, du pavé glissant, des accidents de la route, et la grande va vers sa chambre, mais la mère dit qu'il faut d'abord avoir une explication, s'entretenir un peu de tout cela en tête à tête, d'ailleurs quelle est cette odeur de cigarette ? La sœur fume ou a fumé. La mère lui fait ouvrir la bouche pour sentir à l'intérieur, mais n'arrive pas à décider si l'odeur vient des cheveux ou du bec. Ferme, ouvre, ordonne-t-elle, lui reniflant tour à tour la langue et le front. La sœur file ensuite vers sa chambre, comme le demande la mère en pointant son doigt vers l'étage, alors que l'appartement tient sur un seul niveau.

Et soudain, le silence tombe, car le père entre, sombre et glacé. La mère accourt, mais le père, chose rare, est fermé. La mère s'approche du père qui détourne son visage, elle lui prend une main, il la lui retire, elle le débarrasse de son manteau et il ne la remercie pas. Quand l'âne me fait le coup de l'indépendant chiffonné, quand il se sent trop piqué pour accepter la moindre de mes attentions, j'ai tellement envie de rire que je change de pièce. Pour peu qu'il se mette au piano, je l'appelle Clayderman. Alors il hausse imperceptiblement le sourcil. Tant de maîtrise devrait m'alerter. Mais aucun orage n'éclate jamais. Son sourcil retombe comme un soufflé.

La mère change d'avis, recule, n'expédie plus la sœur, ni le frère ni la sœur, elle a besoin d'eux pour remettre de la lumière dans les yeux du père, la mère sent que, cette fois, elle pourrait ne pas suffire. D'abord elle est douce, et soudain ça l'agace, elle ne supporte pas cette lumière basse sur le visage de l'homme. Un homme de son âge accablé pour une histoire de parents ne l'apitoie pas.

Dis donc, tu redescends et tu coupes le cordon, Kikiton, lance-t-elle en se versant du vin. Le père ne relève pas la remarque, même s'il la juge injuste. Il pardonnera, pas sur l'instant, mais il oubliera, plus tard, après avoir chassé l'envie de lui faire avaler sa langue. La mère ne s'en veut pas de sa méchanceté, elle craint seulement pour l'ambiance. Après l'avoir gâchée, elle laisse au père le soin de la restaurer. La sœur, le frère et la sœur ne sont pas habitués à ce que le père et la mère s'entendent mal, ils sont pris de court.

La petite profite de la guerre. Elle approche le père, qui s'est replié dans un coin de sa chambre pour ouvrir son courrier. Elle lui demande des nouvelles du vieux et de l'enfermement de la vieille. Alors il l'assoit sur ses genoux et commence par défendre la mère. Il a peur de s'être trompé, il ne peut pas établir exactement son erreur, il souligne que la vieillesse est un pays compliqué. Un pays où l'on n'arrive jamais, dit la petite. Un jour, nous partirons tous les deux, là où plus personne ne nous gênera. Et le père répond que c'est impossible, ça ne se passera pas comme ça, mais la petite ne l'entend pas.

Le père envoie la petite se coucher. Il dit que sinon ça va barder. La petite pense que, s'ils étaient ensemble, ils fermeraient la porte sur les cris ; enlacés sous les draps, ils s'embrasseraient.

Quinze heures. L'homme à la pomme d'Adam ne viendra plus. C'est ce qui s'appelle poser un lapin. N'avions-nous pas tacitement décidé de déjeuner désormais au même endroit ? Hier, si je ne m'abuse, il m'a souri. Sans l'avoir frôlée, je me suis excusée d'avoir, quittant le café, heurté sa table, et il m'a souri. Si ce n'est pas là une invite à se revoir, il faudra qu'on m'explique. Le pavé du Chevillard, recommande le serveur, une viande sans gras ni nerf. Prenez une viande normale, d'ordinaire vous en jetez dix pour cent. Avec le pavé du Chevillard, entendez, entendez bien, pavé du Chevillard, tout se mange, rien ne se perd. Un velouté d'asperges en mise en bouche, pour une urine épaisse, odorante, et une tarte à l'orange pour faire glisser, à moins qu'un peu de fromage, trois sortes dans l'assiette, on les choisit soi-même, l'estomac déjà plein.

Brouilly, fromage, oui, non ? Ah ! les ventres à l'aise, les lèvres mauves, l'œil liquide ; les langues des salopes aux ongles peints lapant des huîtres. Une femme, les hanches à l'air, salope je vous dis, ah si j'étais un homme, ça giclerait. Il faudrait vite construire des chiottes, où vont faire tous ces gens ? Ils ne pourront pas se retenir jusqu'au soir, j'ai tellement peur de leur merde, peur de glisser dedans aussi. Je dois sortir d'ici. Je pars. Et que l'homme à la pomme d'Adam n'essaye pas de me retrouver. Je n'aime pas trop ce genre. C'est bien beau de me faire un signe, puis de me laisser remonter mes interrogations chez moi. Pour la peine, je vais m'arrêter chez l'épicier, acheter du champagne, je le boirai avec l'âne, je trinquerai à la misère de l'homme à la pomme d'Adam. Oui, je sais que j'ai une jolie robe, mais ce n'est pas pour les autres que je la porte, je l'avais mise pour l'homme à la pomme d'Adam et c'est bien fini, je ne ferai plus le moindre effort, j'espère qu'il m'entend. J'ai sommeil, est-ce qu'un petit somme, sur le banc, l'air de rien, le menton dans mon écharpe pour obvier à l'ouverture de bouche, l'air paisible, normal, comme si j'attendais quelqu'un ? Juste deux minutes, le temps de rassembler l'énergie pour remonter la rue. Quand la bête en moi tombe de fatigue, mes dents viennent creuser dans mes joues et je lutte pour ne pas giser, je sais, ça n'existe pas, giser, non, ne pas giser comme la sœur et la mère, me dis-je, fournissant un effort ultime pour relâcher lentement la pression de mes dents. Giser en gésine, un mot en appelle un autre. Gésier, tout va bien, me dis-je.

Tu vas adorer, me dit l'âne au téléphone, écoute bien, le type entre, il entre dans mon bureau avec son épouse.

Lui dire de préférer *femme*, de ne plus dire *épouse*, c'est désuet dans sa bouche, ça me dérange. Penser tout de même à garder le mot pour le livre, mais l'extraire de notre quotidien, épargner ma vie, mes oreilles, mes entrailles. Qu'il ferme un peu sa gueule.

Je te jure, poursuit l'âne, il vient pour passer un entretien d'embauche, mais sa femme l'accompagne, et elle m'explique qu'elle procède ainsi parce que son mari ne sait pas s'exprimer. Je les reçois quand même, pour toi, je me dis que l'histoire va t'amuser. Pendant le rendez-vous, elle répond à sa place et, de temps en temps, elle lui dit de se lancer, alors il le fait, et elle m'adresse un clin d'œil de satisfaction. Je ne pouvais pas attendre ce soir pour te raconter l'anecdote, elle te plaît, n'est-ce pas ?

Je le remercie, mais il dit que m'appeler est sa récréation. Il pense à me demander si j'ai déjeuné. Je réponds toujours consciencieusement à ses questions. Je ne les comprends pas, je ne sais pas ce qu'il cherche dans mes réponses, mais je dis tout, honnêtement. Oui, j'ai déjeuné au café. Je suis plutôt content de te savoir rentrée, s'exclame l'âne. Alors il ajoute de bien penser à ouvrir la porte au menuisier qui vient prendre les mesures pour le placard. Je raccroche à toute vitesse, je dis que j'entends sonner, sinon il va recommencer avec ses portes à soufflet et son Isorel. Il dit que mon café est un endroit à hépatite. Quand ses pensées se rapprochent trop dangereusement de celles de la mère, je le prends de haut. C'est passionnant ce que tu me racontes, me suis-je entendue lui dire, tu ne te serais pas cogné la tête ? Mes yeux piquent, mon crâne s'effondre, c'est sa faute, il ne doit pas m'appeler au moment où l'écriture vient, il me tue à la fin.

La vieille se distrait. Elle attend, postée à côté de la cabine téléphonique de l'hospice, elle écoute les bavards raconter leur journée. Elle espionne, se plaint-on à l'étage, et ferait mieux de tancer son mari qui rit fort, entraînant dans sa mauvaise conduite quelques camarades. Pour rétablir l'ordre, la vieille réprimande parfois le vieux en public ou lui retire son jeu de cartes, puis le somme de la suivre. Arrivée à sa chambre, elle lui claque la porte au nez. Il l'ouvre, entre quand même, et tout reprend. De guerre lasse, elle finit par accepter de regarder le film en sa compagnie, avant de l'envoyer se coucher seul, le menaçant d'appeler les autorités avec la sonnette d'alarme. Pour la radoucir, il lui montre le projet de maison qu'il leur a dessiné. Le lotissement des Seigneuriales étant en construction, l'acheteur est habilité à imaginer en partie l'intérieur de son habitation et le vieux a donc pensé à gâter la vieille. Il lui indique un cagibi réservé au matériel de jardin et une penderie d'un mètre cinquante camouflée sous l'escalier. Alors elle pique une rage, elle s'en moque, il est bien tard, lance-t-elle encore, le réduisant au silence. Il semblerait que la vieille, après qu'elle a décidé de se rebiffer, ne change ni d'avis ni de ton. Le vieux ne modifie rien non plus de son comportement. Il exige, et même s'il obtient peu, extorque au moins un regard à la vieille, un souffle, un clignement de cils et momentanément, il fait avec. Le vieux est bricoleur. Dans son atelier, il m'a expliqué le rôle des outils, montré comment serrer l'étau. Il dit que si un homme me fait du mal, je dois rapprocher les deux presses sans me poser de questions, sans prêter attention aux plaintes. Tue-le de toutes tes forces, il ne sera jamais assez mort.

Quand l'âne aménage l'espace, je le déteste, il dit fond de placard, cloison toute bête, gain de place, douchette, torchis, meuleuse d'angle, perforateur, pâte à bois, scellement chimique.

Chaque semaine, la mère, le père et la petite rendent visite aux vieux. La vieille ne s'oppose plus à la venue de la petite. Elle s'y prépare, découpe des

journaux pour fabriquer les décors de maisons mi-
niatures en boîtes à gâteaux. Des bobines de fil
piquées d'une allumette serviront de poulie pour hisser la cage de l'ascenseur. La petite pense que les
vieux préféreraient recevoir seulement la petite, ou
bien elle et son père, sans la pièce rapportée, mais la
mère les accompagne chaque fois, elle tient à les soutenir. Elle s'occupe de la conversation. Par exemple,
la mère évoque le fameux biscuit de la vieille, mais
dont celle-ci tait la recette. La plaisanterie prend vite,
la vieille la livrera un jour, mais pas avant le lit de
mort, déclare-t-elle avec un aplomb qui ravit le vieux.
Il distribue, découpé en carrés, le gâteau sans cuisson
dont la vieille garde le secret. La mère rit, à grand
cœur déployé, avec l'envie de rentrer auprès de sa jeunesse, et de la mélancolie dans le regard malgré ses
efforts pour teinter ses paupières, une semaine en
bronze, la suivante en mauve. La vieille n'y est pas
insensible, elle dit toujours à la mère qu'elle est jolie
et la petite sent qu'elle peine à trouver une gentillesse
plus personnalisée.

Le vieux ressort son plan, montre à la petite la
pièce où elle dormira, il demande conseil au père sur
l'emplacement d'une fenêtre et l'utilité ou non d'une
baie coulissante. Selon la mère, on ne le laissera pas
choisir, cela dépareillerait les façades. Vous imaginez,
si chacun y va de son originalité architecturale ! La
mère s'esclaffe, et le rire du vieux l'accompagne,
grimpant si fort au plafond que la voisine du dessus

frappe à coups de canne. Le vieux reprend, à voix basse, il hésite aussi sur la qualité du dallage. La vieille ferme les yeux, part dans son paysage, demande à la petite si elle veut compter les moutons avec elle. Bercée par cette somnolence, la petite ferme les yeux à son tour, et la mère prend alors les choses en main, naviguant judicieusement entre ceux qui ferment les yeux, ceux qui rêvent et ceux qui attendent. Elle flatte la vieille, la complimente sur sa tenue, sa propreté, sa vivacité d'esprit, afin de lancer n'importe quelle conversation. Et la petite, les yeux clos, rougit de honte.

À la fin de la visite, on est lent à se séparer. Dans le hall, le père signale au vieux qu'il lui faut rejoindre la vieille, ce qu'il fait comme en pleine brume.

Devant l'hospice, la mère prend la main de la petite et baisse les yeux, pour ne pas voir le père souffrir. Quelque chose retient la mère en bas. Elle sent remuer la terre sous ses pieds. Mais elle sait qu'il ne faut pas prêter attention aux soubassements, au risque d'être engloutie, trop vite, trop tôt. Il faut fuir la mort, interdire à la pensée de s'y aventurer. La mère reprend le quotidien en main. On doit se hâter. Tiens-toi droit, dit-elle au père, redresse-toi je te dis, tu as un compteur à gaz dans le dos.

À la maison, la sœur et le frère sautent sur le lit du père et de la mère, tendant bien haut leurs bras pour toucher le plafond. Les mains du frère s'accrochent aux pampilles du lustre, et quand il en tombe une, il la pend aux oreilles de la sœur en riant.

Le père contraint le frère à courir avec lui, une fois par semaine. Il lui a offert une tenue de sport militaire afin de le motiver, ainsi qu'un treillis que le frère ne quitte plus et sous lequel il cache les chaussures lacées que la mère le force à porter, toujours avec cette idée d'un dos bien droit. Il voulait des bottes. Il attend avec impatience d'aborder avec le père la question de ses chaussures. Il prépare la phrase dans sa tête, suppose qu'un ton franc plutôt que plaintif sera de mise. Il ne chargera pas la mère, mais s'opposera à des principes qui lui semblent dépassés et le mettent en difficulté avec les garçons de son âge.

Pendant ce temps, le père pense aux félicitations qu'il adressera au frère pour son bon esprit. Il veut aussi lui conseiller un ou deux livres parce qu'il est temps de lui donner à nouveau accès au monde de l'imaginaire. Il n'y a plus lieu de craindre que la lecture le mène aux pires pulsions puisque le frère sait aujourd'hui les dominer. Le frère dira au père qu'il aimerait pouvoir rentrer plus tard après les cours. Le père lui répondra qu'il gagnerait à être moins taquin avec ses sœurs. Le frère demandera au père s'il peut dormir chez un ami après la soirée de samedi, il ajoutera qu'ils seront plusieurs et que les autres ont déjà été autorisés à partir en week-end en groupe, sans leurs parents. Il n'avouera pas que tous ont menti, inventant des parents dont ils se sont tour à tour amusés à imiter les voix au téléphone, grâce à la complicité de frères et sœurs aînés. Le frère veut savoir si le père acceptera de l'inscrire à un stage d'aviron en Gironde, plutôt que de l'envoyer en séjour linguistique en Allemagne. Le frère trouve que le père est plus proche des sœurs, il compte lui dire que ça ne le dérange pas, même si ça l'étonne, il espère que le père n'y verra pas de jalousie, car là n'est pas la question, mais entre hommes on peut se parler, lui dira-t-il aussi. Et le père proposera de l'emmener à un concert de rock. Le frère voudrait découvrir l'opéra. Le père va confier un secret au frère, le frère hésite à trahir la sœur à propos d'une mauvaise note pour se rapprocher du père et obtenir le droit d'aller au bowling.

Le père et le frère ralentissent. Ils ont encore la rue à traverser. La petite les regarde par la fenêtre et le père lui fait signe. Le frère est essoufflé, le père, sans souffler, le félicite pour son endurance. Le père dit qu'ils ont couru plus longtemps que d'habitude, on doit les attendre pour dîner. Le frère ralentit encore, le père passe devant lui et plaisante, Grouille, on va se faire disputer. Le frère accélère, rattrape le père qui

100

pousse déjà la grande porte de l'immeuble. Le frère veut parler, il prend alors le bras du père qui lui dit Allons mon grand, ne me prend plus le bras, à ton âge, nous risquons d'avoir l'air bizarres.

Il est vingt-deux heures. L'âne monte dans sa voiture, quitte le parking du club de tennis, adresse un signe au gardien, baisse sa vitre pour lancer un mot gentil, hi-han, la remonte, puis l'ouvre à nouveau parce qu'il a chaud. Un club de tennis, un bon emploi, une femme atypique avec un sous-sol aménagé et un jardin suspendu, voilà ta vie, mon vieux. Elle t'attend, joliment mise, sans doute, elle se fagote toujours bien pour son homme. Tu vas l'honorer, comme un sportif. Elle a toujours envie de toi. Jamais elle ne rechigne à faire l'amour. Parfois, comme les autres, elle n'a sans doute pas la tête à ça, mais jamais elle ne refuse son corps. Corps et âme, dit-elle si tu t'inquiètes de son plaisir. Jouis, mon ange, ajoute-t-elle, si tu l'attends. Jouis, ça m'excite, dit-elle encore, si tu ne lui obéis pas prestement. Tu veux lui plaire, mais on va te retirer ton permis de conduire si tu accélères encore, ce serait bête, tu ne pourrais plus l'emmener en week-end, ralentis, elle va t'attendre, elle t'attend chaque soir, ta femme, si peu soumise, et c'est très bien comme ça. Tu ne voudrais pas de sa sujétion. Tu aimes son caractère, tu aimes tellement qu'une femme de son caractère ait jeté son dévolu sur toi, même si tu n'as toujours pas compris pourquoi.

Je tranche. Je choisis la cuisine traditionnelle de la page 49 et j'accepte de rencontrer ses parents au retour des vacances. Pour la destination, je propose le Nord, un tour du Nord, toutes fenêtres ouvertes, dans le courant d'air. Vite, je lui prépare un snack, des œufs, du bacon et une salade de fruits. Je dresse une table avec une bougie, deux, trois, un chemin de bougies du porte-parapluies à la table, une serviette en accordéon sur l'assiette, un verre à pied et la jolie salière. J'attends, debout dans le salon, j'arrange ma robe, je veux l'accueillir avec le sourire et des mots à lui dire, après cette longue séparation d'une journée. Je prends la décision d'essayer d'être bien et, puisque je suis avec lui, d'être bien avec lui.

Mais l'âne arrive, et tout bascule. Il me serre dans ses bras en disant, Excuse-moi mon amour, je pue.

Il s'assoit à table et mange, le short sur l'assise, le tee-shirt sur le dossier, et le front qu'il éponge discrètement à coups de serviette.

Tu es tellement mignonne de m'avoir préparé à dîner, dit-il. J'aime bien le vase, dans l'entrée, tu es une reine en décoration.

Je pense à l'homme à la pomme d'Adam. Un coude sur la table, la main en visière, je soutiens ma tête et me laisse bercer par les paroles qui s'élèvent. Si je m'écroule, je dirai : C'est intéressant, mais tu ne m'as même pas dit, au fait, le score, le score du match ?

La sœur peste contre la mère, Rodéric est grand, baraqué, pas petit. Triple courge ! dit la mère, tu ne m'as pas comprise, et le frère, qui a eu dix-neuf trois quarts à son devoir de grammaire – zéro faute, mais la maîtresse refuse par principe de donner un vingt de peur que l'élève ne se repose ensuite sur ses lauriers –, explique l'expression « cousin germain », qui n'implique pas que le cousin s'appelle Germain. CQFD, ma grande sotte ! De même « petit-cousin » n'a rien à voir avec la taille, ton frère a raison, dit la mère.

CQFD. C'est une expression, une façon de dire, un idiome, reprend le frère qui ne rit plus sur la deuxième consonne parce qu'il a troqué ses mauvaises pulsions contre une soif de connaissances. Rodéric est le petit-fils de la petite-cousine de la mère, c'est-à-dire cousin au deuxième ou troisième degré, mais ni le frère ni la mère n'arrivent à trancher, il faudra demander au père. Peu importe, tout ce qui inquiète la grande, c'est le sang, le même ou pas ? Et tout ce que veut savoir la mère, c'est si la grande a parlé de lien de parenté avec Rodéric, Tu lui as dit pour vous deux ? Et qu'a-t-il répondu ? J'imagine Rodéric continuant de vaquer à ses occupations. La grande ment à la mère : Rodéric n'a pas été étonné de leur lien puisqu'il en avait déjà été informé par sa propre mère. Vous n'êtes pas très drôle, dit la mère, déçue, invite-le donc à déjeuner un de ces jours, c'est quand même ton petit-cousin.

Mourir, pense la grande, mais la mère n'entend pas. C'est fait. La mère servira des chipolatas avec une purée de pommes de terre et un gâteau au yaourt.

Yogourt, le revoilà. Comment, oui, comment la même semaine que l'affaire des slips, éliminer ce mot du vocabulaire de l'âne ? Le lui cracher. Franchement. Je n'aime pas le mot yogourt. Dis yaourt et va te laver. L'âne va me comprendre. Il faudrait qu'il arrête le tennis. Il a tellement faim après les matches, il engloutit, le pauvre, et sa bonne mine, à cet instant précis, est aussi un problème. J'ai bien envie qu'il tombe malade, si ça ne mouche pas, si ça n'a pas d'odeur et si ça ne fait pas de bruit. Je quitte la pièce. Bravo mon cœur, me crie-t-il du salon, il est bien *crispy*, ton bacon ! Mais tu as déjà dîné ? Pourquoi tu ne manges rien ?

La grande n'ose pas goûter à sa saucisse, la mère s'étonne : tu adores la charcuterie, mange au moins le bout. La grande blêmit. Le frère ne rit plus de ces situations. Durant plus de deux ans, il a dessiné des vis et des boulons chez une psychologue scolaire. Depuis, son sexe et tout ce qui s'y rapporte, dit-il, sont rentrés dans l'ordre. Rodéric et le frère dévissent la salière pour faire une farce. La grande voudrait participer au jeu mais elle renverse le flacon. La mère gronde, répand la panique avec le ramasse-miettes, et le nez de la sœur coule, les larmes viennent, elle mord ses joues, craint de trahir son tremblement. Tes joues saignent, hein, tu saignes des joues ? questionne la mère. La sœur comprend que le nuage de malheur qui toujours la précède ou la suit n'est pas tolérable pour un homme. Utérus, oui, cumulus, non, ironise le frère. Rodéric a seize ans ; à son âge, on ne va plus déjeuner chez les autres, ou bien sans les parents, assis par terre, devant une assiette en carton à la limite, mais jamais avec une fille qui pleure.

La sœur a honte de la mère accordant aux enfants le droit de saucer exceptionnellement avec du pain, elle insiste sur l'adverbe. L'âne me réclame parfois un quignon pour pousser. Quand il dit *quignon*, je pense à ses coudes.

La sœur demande à la mère la permission de prendre le dessert dans sa chambre. La mère accepte, au courant que cela se pratique chez les autres. Tant pis, dit-elle, je serai bonne pour l'aspipi.

Délicieux ce dîner, merci ! Que trafiques-tu dans tes joues ? me demande l'âne. Tu t'es mordue ?

Peux-tu aller te doucher s'il te plaît ?

Oui, je vais y aller, mon courrier est arrivé ?

Il est posé sur le piano. Avec le catalogue des cuisines. Je prends la page 49.

Quelle couleur ?

On n'a qu'à la faire noire. Tu peux aller prendre ta douche s'il te plaît ?

Tu es mignonne, ne t'inquiète pas pour moi, ça va, j'ai séché. Je la prendrai avant de me coucher.

L'âne s'assoit sur le canapé. Il consulte la revue des cuisines, il trouve celle de la page 49 idéale. Et pour les vacances, tu as repéré un endroit ? demande-t-il. Quand il a transpiré, le visage de l'âne est traversé par un chemin de veine, et celle de son cou, très apparente, bat. Quand il a transpiré, l'âne laisse une auréole blanche sur les vêtements de couleur foncée et probablement sur le canapé en velours rouge où j'aime tant m'étendre lorsqu'il part.

Sur le chemin de l'école, la sœur et Rodéric prennent de l'avance, et le frère me donne la main. Il me propose de ne pas payer l'autobus. Pleure si on nous contrôle, dit-il. Les contrôleurs montent et, aussitôt, je pleure. Que va-t-on devenir ? dis-je doucement au frère, qui me rassure, ce sont des scouts. Toujours ? dis-je. On a abordé la question à la maison, et scout un peu, un été, j'aurais pu essayer, mais scout toujours, non, et la mère insistait, les jeux de piste, les feux, les tentes et les chansons, les amitiés, la tolérance, le pape, taper dans ses mains, entendre les bruits des bois. Ma petite maman, ai-je imploré. Et on a fait comme j'ai voulu. Scout jamais, a même ajouté le père pour que je m'endorme.

Rodéric a été rejoint par sa bande d'amis, et le visage de la sœur se fige. De l'autobus, toutes fenêtres fermées, on lit sur les lèvres de la bande les mots *cousin*, *cousine*, litanie déployée à l'ombre des arbres, par des bourriques qui ne croient pas mal faire, ne soupçonnant jamais que, en la traitant de cousine, ils insultent la sœur, broient ses côtes et son ventre. D'ailleurs, elle n'aura pas d'enfant, on ne fait pas d'enfant avec le ventre vide. La petite se refusera à lui suffire. Vite, elle prend son indépendance. Vite, elle se détache du joug fraternel. La petite ne deviendra jamais celle que la grande espère. Pour le moment, depuis l'autobus, la petite voit la sœur se replier sur elle-même.

À partir de ce jour où il est publiquement fait état du lien familial unissant la sœur et Rodéric, la petite enregistre sur des cassettes, avec sa voix d'enfant, pour distraire la sœur qui les lui commande, des textes sur des hommes comparés à des poêles à frire dont la particularité est de ne pas adhérer. La sœur rencontre par la suite d'autres hommes dont elle ne retient que le mal qu'ils lui font, elle ne sait plus que faire de ses hanches froides, elle tourne à jamais ses yeux tristes vers la télévision, le récit de la vie des autres, parfois plus sinistre que la sienne, elle se concentre sur les douleurs lointaines ou proches, elle y prend goût, traversant sa vie de cendre, blessée par la mort des autres, même par celle de ceux qu'elle ne connaît pas. Et la peur de la mort la saisit dès l'adolescence. Dès lors, elle ne trouve plus d'utilité à rien, ne comprend pas l'agitation, le désir, la quête des autres.

Le Nord, dis-je à l'âne, lui posant sur les genoux un guide. J'ai pensé que c'était un bon compromis. Entre quoi et quoi ? demande l'âne.

Ne dis pas quoi, lui dis-je, dis comment, je n'aime pas quand tu dis quoi.

C'est un compromis entre comment et comment ? demande l'âne. Entre le Zimbabwe et la Pologne, lui dis-je. Et il rit, Va pour le Nord, ça tombe bien ! Il sort alors de son sac-saucisse de sport deux paires de chaussures en plastique.

On va emporter ça ?

Je les ai achetées exprès, pour marcher sur le sable ou dans les rochers. On ne part pas en vacances pour s'embêter avec des petites coupures sous les pieds, si ?

Et je me tais, devant l'homme, jeune, vieux, mort, vivant. Je lui ai ouvert ma bouche d'en bas, mais celle d'en haut doit rester vierge. Mes mots ne supportent pas la visite, j'écoute un moment, je réponds, mais je garde mes mots puisqu'ils ne seront pas compris. Le vieux a dit que l'homme devrait me protéger, en toutes circonstances accéder à mes rêves. Le bruit des hommes est terrifiant, et celui qu'ils font en parlant m'assourdit, je les aime au coin des rues, loin, étrangers à moi, assis dans le café. Si l'un d'entre eux s'approchait, pourrait-il exiger ma main, et si je lui donnais les deux, saurait-il en faire autre chose qu'un nœud derrière mon dos ? Je n'en crois pas un mot.

Quelques vacanciers dégoûtés n'osent pas réclamer le changement de l'eau du grand bassin et patau-
gent en maugréant dans le bain des petits, tandis que
l'on compte sur un véliplanchiste juriste pour rédiger
le courrier exigeant le remboursement de tout ou partie du séjour. On admet que les deux premiers jours
ont été idylliques, ainsi que le voyage, même si on
aurait apprécié d'être mieux servi dans l'avion, d'ailleurs autant l'inscrire, et pourquoi pas aussi toucher
deux mots de l'affaire des mouches au restaurant.
Dans l'ensemble, et même si on ne le dit pas tout
haut, on pense que Léon aurait pu se tuer dans la
gazinière de son domicile ou au fond d'une rivière, au
lieu de gâcher la semaine d'honnêtes juillettistes.
À midi, il a été noté, par les serveurs chargés de tendre l'oreille, une accusation contre les cannelloni aux
fruits de mer. En cuisine, on supprime les supions et
on diversifie les desserts. La mère se rend aux cuisines et manifeste son soutien à l'équipe. Sur ordre de
sa direction, et se sentant injustement mis en cause, le

chef circule entre les tables et rappelle discrètement, pour ne pas affoler les enfants, les femmes et les vieux, que Léon est mort par suicide, et non par intoxication. Léon s'est planté une flèche entre les cervicales. Ivre de douleur, il s'est ensuite précipité la tête la première contre un rebord de piscine où son crâne a explosé.

L'âne sourit trop, je ne sais pas si c'est très bon, m'a confié le père, avant de lui reconnaître des qualités.

Dans le club où le père, la mère, la sœur, le frère et la sœur, essayent de passer de formidables vacances, les enfants jouent à sauter sur les traces du corps de Léon balisé par la police. Ils ont décoré l'empreinte avec des coquillages, le cuisinier a prêté des tomates-cerises en guise d'yeux et les pères se sont mis en quête d'os de seiche pour les oreilles. Une cellule psychologique a été ouverte sous la tente des glaces, où le bruit court que des boules au melon et au citron sont distribuées gratuitement entre treize et quatorze heures, juste au moment du déjeuner, ce que certains jugent mesquin, d'autant que le melon et le citron s'accordant mal, et puisque les cônes ont deux cases à boule, il va falloir en ajouter une, à ses propres frais. Alors, à moins vingt, pas après, parce que, avec la file d'attente, quatorze heures seront vite passées, la sœur, le frère et la sœur sortent de table et courent réserver à l'ombre du parasol des cônes à deux boules du même parfum pour toute la famille. Si le glacier

tique, les enfants acceptent le mélange citron-melon avant d'échanger leurs boules, ce qui entraîne quelques larmes, la chaleur rendant délicat le transfert d'une boule d'un cône à l'autre, et certains enfants se retrouvant avec deux boules au melon alors qu'ils aiment la vanille et la fraise.

Un estivant orthophoniste a pris en charge la cellule, assurant que sa formation lui donnait accès à la psychologie. La mère est réquisitionnée pour lui ramener d'autorité les vacanciers qui disent tenir le choc, afin de vérifier qu'ils ne cachent pas un traumatisme. Des baigneuses, rétives à la psychologie, sont même conduites de force par deux animateurs musclés jusqu'à la tente. Livrées à un soignant, elles pincent les lèvres et n'acceptent de les desserrer qu'au contact d'un esquimau. Il est rassurant de téter, a dit l'orthophoniste. Le directeur de l'hôtel offre des sifflets et des sucettes. Et même la mère accepte que la sœur, le frère et la sœur sucent.

Dans une station de bord de mer, l'âne trouve des bols à nos prénoms. Que penses-tu d'un troisième bol ? France, pour une petite fille ?

Quelle petite fille ? Tu as vraiment le don de gâcher les bons moments ! La porteras-tu contre toi dans un drap coloré ? lui dis-je. Il paraît qu'il existe des guides de pliage pour porter son enfant à l'africaine. Tu plieras et je porterai ? Ou l'inverse ? Et puis si nous en avons deux, nous choisirons deux teintes. Tu dois confondre, me dit l'âne, je ne suis pas cet homme-là, et je n'ai pas honte à l'idée de désirer des enfants de toi.

Il y a des fois où je n'ai pas assez de mots pour revenir en arrière. Alors j'achète plusieurs bols en cachette, Églantine, Éloi, Éliane, Eude, Eulalie, Ève, et je les offre à l'âne en m'excusant. Il dit Pour Eude, tu es vraiment sûre ?

Tout le monde se plaint à la réception du club de vacances du manque de légèreté du séjour, mais quand Françoise, la femme de Léon, passe dans le lobby pour signer les clauses du rapatriement, acceptant l'aide du père, roi des papiers, chacun y va d'une parole réconfortante ou d'un dessin. Les plus beaux sont exposés dans la salle de restaurant, les félicitations vont à celui de la petite Ingrid, représentant un homme avec un chapelet de saucisses en couronne, assis à califourchon sur une bouée en forme d'arc. Quelques parents félicitent Ingrid, mais disent ensuite dans son dos que c'est une déséquilibrée. Le père, lui, ne tarit pas d'éloges sur l'arc-en-ciel noir de la petite.

Au moment des jeux de seize heures, une minute de silence est suggérée par l'organisateur des loisirs, mais, les lettres du mot le plus long ayant été installées avant la proposition de silence, les vacanciers, au lieu de se recueillir, essaient de les déchiffrer sous le linge qui les camoufle mal. À la fin de la minute, trois personnes ont déjà trouvé, en dix lettres, *marcassin* au pluriel. Elles sont vite considérées par les autres comme irrespectueuses et égoïstes, affublées dès lors du sobriquet la « bande des marcassins ». Le soir, toujours par souci de décence, on hésite à supprimer la discothèque en plein air, mais la danse a raison de tous, et les corps s'animent, honorant le défunt à leur manière. La mère, prise en flagrant délit de gaieté par le père, se plaint d'une écharde sous le talon, excusant ainsi le rythme enjoué de son pied sous son siège.

Les enfants de Léon passent la journée à la fenêtre de leur chambre, regardant l'empreinte de leur père se faire et se défaire, un affamé volant une tomate-cerise, un plaisantin lui dessinant une troisième jambe, un artiste l'affublant d'un ventre poilu en noix de coco. La nuit, les enfants se collent à leur mère, écoutant les battements de son cœur, inquiets à l'idée de ce qu'ils vont devenir à présent qu'elle leur a promis de faire, seule, tourner la maison. Ils s'interrogent sur le sens des aiguilles d'une montre.

Le tragique se répand à la porte du club de vacances. Des sans-logis tendent la main aux cars bariolés. Des chats se cognent aux deux-roues de location. Des hommes en guenilles guettent une sueur d'or coulant des buveurs de bière, des avaleuses de poisson cru, des suceuses de cônes. Des enfants attendent l'homme nanti à qui vendre un bracelet, des épices, ou leurs corps pour trois sous. Des chiens se soulagent devant la grille et, pour les éliminer, les gardiens font frire des éponges qu'ils leur lancent à manger.

Françoise, le corps de Léon et leurs enfants sont rapatriés en avion, et le père, la mère, la sœur, le frère et la sœur, les accompagnent à l'embarquement. La sœur aînée sanglote, le frère et la sœur, voyant l'avion s'ouvrir, ne savent pas s'ils doivent pleurer, alors ils se donnent la main et baissent les yeux. Le corps de Léon entre dans le ventre de l'avion. Égarée sur la piste, dans un polo Club Flore fluorescent, la fille de Léon porte la main de son frère à sa bouche en voyant la soute se refermer. Le ciel lui en a donné deux, elle pourrait prendre une des siennes, dit la mère, j'ai horreur des enfants qui mordent.

La mère se remémore tout haut les chagrins qu'elle a elle-même traversés dans sa vie, et surtout la tragédie de cet homme exemplaire dont on a enterré l'épouse dans sa robe de mariée. Le pauvre s'est recasé depuis, dit-elle, mais il n'a jamais trouvé réunies dans la même femme les qualités de celle qu'il n'a pas eu le temps d'épouser. Quel chanceux tu es, j'espère que tu t'en rends compte ! dit encore la mère au père. Ensuite, elle pense à son amie d'école qui riait à l'enterrement de son père, oui, des rires, elle le jure, pour se tuer juste après la crémation, un suicide à treize ans, par pendaison, assez rare chez une femme, on prétend que la femme préfère mourir par noyade, dit la mère. Elle imite son amie d'enfance, plusieurs fois, s'excusant de mal reproduire son rire, de ne pas se souvenir des paroles qui l'accompagnaient. Le piapia de la mère parvient à écraser le vacarme de l'avion. Pour ne plus rien entendre, je

116

chante l'air qui me vient, doucement, puis très vite, sûre de moi, à la vitesse du père, qui nous entraîne plus loin. Vous ne croyez pas qu'elle aurait pu fagoter ses enfants autrement ? dit la mère.

C'est sans doute à cause de ce vilain souvenir que les vacances me donnent un peu de vague à l'âme, tu me comprends, n'est-ce pas ? dis-je à l'âne qui acquiesce. Il aimerait déjeuner tranquillement, sans avoir à se soucier du tournant que prendra l'après-midi. Serai-je contente, serai-je gaie, serai-je séduite par ce Nord que nous arpentons depuis maintenant quatre jours ? Mais l'âne aime aussi la confiance que je place en lui. Sa compagnie est douce. Et sa voix me plaît. Ses yeux posés sur chaque mot que je pro-nonce, avides de tous les comprendre, soucieux de s'entendre avec eux, me donnent une fois de plus envie de l'aimer. Même si je ne peux pas le regarder, lorsque, sautillant avant d'entrer dans l'eau, il dit ce n'est pas chaud-chaud, c'est frisquet, non ?

L'âne propose une promenade. Soudain, je ne le trouve ni voûté ni trop lent, et j'accepte simplement de pénétrer avec lui dans le ventre froid de la mer, puis dans le sable tiède. Nous rentrons à l'hôtel qu'il a choisi charmant, je décide d'être sage. Il m'ouvre grands ses bras. La grenouille disparaît.

La veille, la mère de l'âne a passé du temps sur sa mise en plis. Elle prend garde, une serviette en turban, à ce que la vapeur d'eau du lave-vaisselle ne sabote pas sa coiffure. Elle se prépare à découvrir enfin la petite fiancée. D'elle, elle ne connaît qu'une photo échappée de la poche de l'âne. Elle s'attend à rencontrer une brune souriante en paréo, des méduses aux mains. L'âne et la fiancée sont partis dans le Nord le mois dernier, mais, à leur retour, l'âne n'a montré à ses parents qu'un échantillon de photographies de phares et d'hortensias. La mère de l'âne n'aurait pas ramassé ce cliché, elle se serait même posé la question de l'existence de cette mystérieuse fiancée.

La mère de l'âne sent quelque chose de modifié chez son fils. Il sourit davantage, se montre plus doux et moins ironique avec elle. La preuve tangible de sa transformation est la présentation de cette fiancée. L'âne n'a jamais partagé son intimité, mettant son père et sa mère à l'écart pour une raison à ce jour inconnue. Les pauvres ont eu à imaginer mille scéna-rios, se refusant à évoquer celui de l'homosexualité. Le fait qu'il n'en soit rien suffit au bonheur de la mère qui, en pensée, appelle déjà la fiancée ma fille. La mère de l'âne rêve de devenir grand-mère et a rap-porté d'un voyage en Belgique une robe de baptême en dentelles fines. Quant aux cartons de jouets et de vêtements d'enfant que son mari a refusé de déména-ger lors de leur récente installation en pavillon, elle les a rebaptisés « Documents divers », et le mari les a transportés avec le reste, feignant de ne pas entendre le grelot familier du chien à roulettes. De temps à autre, elle en ouvre un et rêvasse devant le pyjama en éponge jaune qu'elle a tant aimé sur l'ânon. C'était l'été et il pleuvait. Son petit garçon dansait autour d'elle comme un soleil.

La mère de l'âne remarque que le père ne tourne pas la page de son journal et l'épie. Elle le questionne alors sur la couleur de la nappe, et son mari lui répond que la table ordinaire aurait très bien fait l'affaire. Il s'esclaffe en la voyant déplier une nappe blanche et, vexée, elle lui signale qu'elle a prévu des serviettes fleuries. Va donc te préparer, ajoute-t-elle, et mets ta décoration. La mère de l'âne aime que son mari porte son ruban et ce n'est pas le jour pour l'énerver. Son mari la prend dans ses bras et la serre à la faire pleurer. Tu ne comprends rien, lui dit-elle. Elle retire son tablier et, découvrant l'ensemble qu'elle a ressorti pour l'occasion, il lui dit qu'elle fait jeune fille. Tu ne comprends rien, mais tu es gentil, ajoute-t-elle.

Elle se dépêche d'arranger le salon et d'y faire apparaître ce qu'elle aimerait suggérer d'eux, leur entente, leur simplicité, leur bon goût, leur culture et leur originalité. Elle espère que la jeune fille est polie, bonne avec son fils, pleine de savoir et sans trop de fierté. Lorsque ce déjeuner a été fixé, l'âne a seulement promis qu'elle lui plairait, et, dans sa voix, il a mis beaucoup d'amour. Comme la mère de l'âne aimerait qu'il ait parlé d'elle à la jeune fille sur le même ton. Elle se souvient du petit garçon qu'elle a bercé de longues nuits et qui va entrer, tout à l'heure, avec sa barbe d'homme, une drôle de lubie à propos de laquelle elle s'est bien gardée de dire quoi que ce soit.

Qui sait si la jeune fille la lui fera raser ? Ce serait bien.

Mentir. Dire que j'ai oublié d'acheter quelque chose à la pharmacie et sortir plus vite que l'éclair, avant que l'âne ne me propose de m'y déposer en chemin. Une urgence médicale, pensera-t-il, la pauvre, laissons-la bien au chaud dans la voiture et réglons à sa place cette histoire de pharmacie. Qu'importe son mal, je peux tout entendre, s'agirait-il d'un trouble peu ragoûtant que notre amour en sortirait renforcé.

Vite, profiter de la toilette de l'âne et courir à toutes jambes jusqu'au café, non, pas à toutes jambes, les parents de l'âne attendront. Je veux juste voir si l'homme à la pomme d'Adam vient au café le samedi. Je n'entrerai pas, je le regarderai, de dehors, j'attendrai qu'il me voie, puis je remonterai à la maison. Nous avons repris nos déjeuners quotidiens. J'ai peur que mes défections de fin de semaine ne fassent mauvais effet. Il y a déjà eu les dix jours de Nord. Je marche.

Le pas est toujours précis. La petite ne laisse pas le rêve écraser la réalité qu'on lui impose. La petite attend sa maturité, elle compte les jours qui la séparent du moment où, enfin, croit-elle, elle pourra choisir, des deux mondes, celui qui lui convient le mieux. En patientant, elle fait avec celui qui présente chemins, arbres, maisons sur rues, caves, greniers, animaux apprivoisés. À l'école, les professeurs s'appliquent, année après année, à ramener sur terre cette tête qu'ils croient parfois dans la lune. Or, chaque professeur constate étonné que la petite entend tout, comprend bien et peut répéter. La petite n'aime pas les groupes. Elle prend ses récréations aux toilettes, et à ceux qui la croient dérangée, elle ne répond pas. Elle vit chaque jour d'école dans l'attente du dernier. Du lundi au mardi, elle espère le mercredi. Du jeudi au vendredi, elle espère le samedi onze heures vingt, heure à laquelle le père vient, dans la cour, au milieu si possible, récupérer son bien. La petite y pense dès la veille, lorsque la mère prépare ses vêtements, et que la petite, imaginant le père debout dans la cour et droit comme une statue, demande à la mère une robe moins sombre ou des socquettes à revers en dentelle. L'ombre du père est dense, même lorsque la pluie l'oblige à attendre sous le préau éclairé par le néon jaune. Ces fois-là, lorsqu'elle sort de sa classe, la petite reconnaît le père à sa silhouette, sans pouvoir distinguer ni ses yeux ni sa bouche. Elle saurait le dessiner, elle l'identifierait même s'il faisait noir. À distance, elle le soupèse, et ce poids lui est familier ; fort comme un plomb, elle parvient pourtant à le soulever

124

comme une plume. Son écorce est solide, son mouvement stable, et sa chair sent bon.

Avant le déjeuner, je tiens à apercevoir l'homme à la pomme d'Adam assis sous l'horloge. Son enveloppe me rassure et les mots qu'il y cache sont faits pour moi, je le sens. Vite, acheter des fleurs pour la mère de l'âne. Excellente excuse si la pharmacie ne suffisait pas. En profiter pour choisir un bouquet raffiné, pas comme ceux de l'âne. Ni glaïeul ni bec-de-perroquet. Qu'il apprenne.

Le samedi, si le père est en voyage, la mère vient chercher la petite, de peur que la sœur ou le frère ne l'égarent. Il est arrivé à la petite de rentrer seule. Sous les blâmes, le frère a été contraint d'avouer qu'il lui avait pourtant ordonné d'attendre sans bouger devant la salle de billard. La petite, à qui on ne la fait pas, a patienté quelques minutes, laissant sa chance au frère, puis elle a filé vers sa maison, fière et excitée à l'idée de la dispute qu'elle allait faire éclater, curieuse de mesurer son pouvoir. Le frère, bien que puni, est venu la trouver dans sa chambre pour lui promettre une vengeance, ce que la petite a immédiatement répété à la grande afin qu'elle se charge de cafter. La grande a été félicitée par la mère pour son commérage, et le frère, doublement puni, sommé de livrer à la petite des excuses. Un autre jour, la petite s'est laissée tomber dans le lac afin que la sœur, chargée de sa surveillance, soit à son tour réprimandée. La petite se sert des gens. Elle manipule avec élégance et précision. Lorsque la sœur la complimente sur son physique, elle répond avec condescendance. Elle peut même rétorquer : Ne t'inquiète pas, un jour tu t'arrangeras. La grande prend la méchanceté sur le ton de la plaisanterie puisque, provenant de la petite, il ne peut s'agir que d'une maladresse.

L'homme à la pomme d'Adam n'est pas là. L'homme à la pomme d'Adam est mon homme, me dis-je, chaque fois que je le vois. Je me sens chez moi dès qu'il approche. Je ne peux l'exprimer autrement. Sa pomme d'Adam contient tous mes enfants.

Lorsque la mère vient chercher la petite à l'école, il arrive que la petite s'endorme dans la voiture, à peine la portière fermée. La mère s'inquiète de cette fatigue, mais la petite s'y plaît et s'y cache comme dans une niche. Dans la voiture, fermée aux brigands par la mère qui veille, la petite, une fois apaisée par un quignon de pain, se laisse happer par les ombres. La mère essaye de la tirer de là, mais la petite emporte la voix de la mère avec elle dans ses songes. Elle les traverse alors sans jamais craindre ce qu'elle y rencontre. Si quelque chose d'étrange, une âme sourde ou un corps sans visage apparaissent, la voix de la mère lui sert aussitôt de guide. La petite joue avec sa rêverie plutôt qu'avec ses poupées. Elle craint les activités de glisse, le patin à roulettes, à glace, les postures en équilibre, la tête en bas, la poutre, les barres asymétriques, mais elle arpente allègrement le pays inconnu, espérant un jour le faire sien et quitter celui de ceux qui l'obligent en la forçant. Elle sait que certains camarades la trouvent bizarre, accrochée sans bouger à la barre de soutien de la piste de patin à roulettes du jardin. Elle repère que tout lui fait mal, un cri, une voix, une rue, la forme d'un immeuble parfois, un sourire, même la voix de la mère dans ses songes, mais pas elle, pas elle debout au milieu des autres et seule, les mains accrochées au chambranle du vide. Elle ne se fait pas peur, pas de mal.

Un dos d'âne la secoue à l'approche du garage, elle s'éveille à regret et monte l'escalier avec des pieds de plomb, répondant aux questions de la mère sur l'école, les contrôles mensuels et la santé. Il arrive que la petite raconte ses rêves de voiture à la mère, mais elle se sent aussitôt incomprise. Un rêve de canard ? Ton rhume. Un rêve d'arbre ? Ton allergie aux pollens. Un rêve avec des matraques ? Tu as trop regardé la télévision. Un rêve de mort ? Mais non, dit la mère, tu te trompes.

La petite pourra fuir si besoin est, mais en attendant, elle se tient auprès de la mère qui juge tout envol inacceptable. La petite essaye parfois de trouver des femmes pour le père. Et lorsque celui-ci rétorque que la mère est celle de sa vie, la petite le regarde lui aussi avec condescendance, et lui demande ce qu'il en sera à l'échelle de sa mort.

L'âne me fait de grands signes. Il va chercher la voiture et faire le tour du pâté de maisons, il me demande de l'attendre au coin de la rue. Quel ennui, me dis-je, de le comprendre. J'aimerais rester plantée, bouche bée et bras ballants, émue de découvrir son langage, regarder sa pomme d'Adam monter, descendre. L'âne m'envoie un baiser, pointant son doigt en direction du bouquet de fleurs. Oui, c'est sûr, on fait de ravissants bouquets, si on évite d'y piquer des fleurs laides.

À chaque rentrée scolaire, la petite choisit une camarade de classe pour l'accompagner durant l'année. Ainsi, aux yeux des autres, elle ne passe pas pour une exclue, et la mère, bernée, ne se mêle pas de sa timidité. Escortée par Magali ou Magali, peu lui importe, la petite grimpe de classe en classe sans faire l'objet d'une étude approfondie. Si l'amie manque l'école, la petite fait front en tombant malade à son tour. Dans son lit, elle rêve à des hommes ; elle a entendu une amie de la mère prédire qu'elle ferait saigner des cœurs. Elle prend cela pour une gageure, elle se sent déjà partagée entre l'élan qu'elle voudrait ressentir pour un autre que son père, et la peur à l'idée qu'on la pille avant même qu'elle ne s'ouvre.

Écoute, dit l'âne, nous n'aborderons plus l'affaire du chat, ce n'est pas passionnant, je pensais à cela en passant.

Nous passons tous.

Arrête avec tes réflexions toutes faites.

Forcément, lorsque j'y ajoute des intentions, tu ne les comprends pas. Un autre homme, avant toi, m'a déjà signalé qu'il se foutait de mes envies. Se foutre ? Un début. À quoi bon aller plus loin ? Oui, pourquoi ne pas s'arrêter là ?

Tu es complexe. Je ne voulais pas te peiner.

Quel œil.

Tu as trouvé ce que tu voulais à la pharmacie ?

J'ai bien peur que ça ne te regarde pas non plus.

La femme écrivain aime enfoncer le clou. Si on la touche, elle touche à son tour. Si on la pique, elle envenime, mais tout cela se passe en grande partie intérieurement. Ses silences, chasse gardée, sont des airs de violoncelle couvrant le roulement des tambours. Comment veux-tu, par conséquent, pour-suit-elle dans sa tête, que je ne garde pas mes mots à l'intérieur ? Pourquoi t'en donnerais-je ? À quoi bon te remplir ? Tu as faim ? Tu crains que les lasagnes de ta mère ne te suffisent pas pour midi ?

La veille, j'ai passé une soirée chez ses amis, deux artistes pacsés vivant dans une usine réhabilitée en loft aux vitres anti-effraction, située dans un quartier chamarré qu'ils adorent, même s'ils ont choisi de sco-lariser leurs enfants dans un établissement privé et bilingue pour une question de commodité. Ils habi-tent une surface dite atypique, dont ils ont gardé les photos avant travaux, puis après le passage de l'équipe tellement efficace d'Ukrainiens. Une sans-papiers, excellente cuisinière qui les appelle par leurs diminutifs et apprend *Happy birthday* en arabe aux enfants, en nettoie chaque jour l'infinie surface, pour gagner sa nuit au sous-sol. Elle profitera bientôt de la compagnie de sa belle-sœur, une aubaine qu'ils embaucheront aussi pour la sortir de sa situation, dès qu'ils auront un autre enfant, à condition que ces deux créateurs et surtout fondateurs d'un théâtre de l'urgence qui aborde les thèmes transversaux de la quête de soi trouvent un énième prénom original, après Thaïs, Arthur (qu'ils se sont vus contraints, suite à la recrudescence du prénom, de surnommer Art), Ambre, Pipa, et Mangrove, né(e) après un voyage en Thaïlande où ils ont approché la pauvreté à ça. L'âne a commis la grave erreur de m'emmener à quelques brunchs émétiques saumon fumé-chocolat chaud-graines germées-jus de pamplemousse chez ces gens-là, et j'ai admis qu'ils me servaient à apprendre un certain type de vocabulaire, de mode de vie et de pensée, visant à enrichir mes prochains écrits, et peut-être à m'inspirer une pièce de théâtre sur les porcs, ai-je précisé à l'âne qui me demandait hier encore ce que je pouvais noter, alors que le couple venait d'évoquer la possibilité de s'installer au vert, dans une maison où ils cultiveraient enfin leurs propres légumes et où l'homme aurait toute la place de sculpter sa femme en posture de méditation. Il faut comprendre, aujourd'hui, en route pour la maison des parents de l'âne, que je ne me sente pas à ma place. Je rechigne à rencontrer les proches de l'âne.

L'âne me caresse la joue en conduisant. Je voudrais vérifier sa mine de repentant, mais je ne peux plus le regarder en face. La grenouille est revenue. Au même moment, épuisée de penser d'une façon et d'agir d'une autre, je l'embrasse, mais l'envie me reprend aussitôt de mordre cette langue qui me colle aux dents. Il faudra bientôt rompre. J'ai sommeil.

Les parents de l'âne ont un jardin avec une maison aux beaux jours, ou l'inverse. Dans la voiture qui nous y conduit, sans bruit, je veux descendre et courir à toutes jambes. Mais je reste immobile. Je pose ma main sur la cuisse de l'âne et je la serre. L'âne parle à présent de brise-glace, il en a déjà vu. Le brise-glace, la neige, le givre et le brise-glace, va-t-il cesser ? Si je comprends bien, j'ai le choix entre le chat et le brise-glace, entre me taire ou l'écouter ? Lorsque je ris seule, l'âne sourit, curieux de savoir pourquoi, mais sans poser la question afin de se faire le plus discret possible.

À cet instant du trajet, l'âne espère mon atterrissage proche. Garges, deux kilomètres. Même en ralentissant, il va bien finir par y arriver. Il préférerait que je sorte de la voiture et salue ses parents, un sourire de jeune fille aux lèvres, débarrassée du sarcasme et de l'idée ô combien virulente de tout faire exploser.

Arrête ! dis-je à l'âne. Et gare-toi, s'il te plaît.

Je le supplie, mais il a déjà ralenti. Comme toujours il écoute, et sans cesse il est compréhensif. Il se rabat sur le côté de la route et il s'attend au pire. Je veux l'aimer maintenant. Il faut tout reprendre et je vais me corriger.

Arrêtez, arrêtons, se dit parfois la petite depuis son lit, révisant l'impératif, entendant les plaintes rentrées de la mère qui met dans le même sac, et nous abrégeons, homme, femme, pronoms, abrégeons la marche folle vers nulle part en compagnie de personne.

Embrasse-moi, regarde-moi, dis-je à l'âne.

Nous regardons nos pieds, cherchons le rayon vert, perdons l'axe du ciel, nous savons la fin proche, qui n'aura rien de grandiose. Nous sommes des pourritures, délicates peut-être, mais déjà avancées, chacune dans son genre, nous pourrissons différemment avec des traits communs, à cause du même jus, de la même grappe. J'aime ta bouche, me dit l'âne. Nous vieillissons, ensemble évidemment, même si nous nous sommes séparés depuis longtemps, et nous pleurons, toujours, si l'un d'entre nous disparaît. Disparais, reviens, reste, prends, où est le piège déjà, la petite l'a oublié, est-ce ouste ? Ouste serait-il l'impératif d'un verbe ? Mélange. La petite aura-t-elle assez de place en elle ? Elle pense à l'homme qui l'emmènera loin. Il sera un impératif. Il ressemblera au vieux. Elle songe à la femme qu'elle va devenir grâce à lui, gaie, tendre, généreuse, affectueuse, spontanée. Elle n'en croit pas un mot. La petite s'imagine toujours avançant dans la vie comme dans une danse, les décors sont beaux, le cavalier est fort, le théâtre vivant, et elle est une étoile. Quelquefois, son homme imaginaire se met en colère contre son chef, non, il n'a pas de chef, il est le chef, alors contre une personne qui leur veut du mal, à elle ou à l'un de leurs enfants, nombreux, ils en veulent six. Cinq. Quatre. Trois. Deux. Un, peut-être. Lorsque son homme s'énerve, elle fait en sorte de rester sereine afin que, en posant ses yeux sur elle, il ressente un bienfait immédiat. Oui, dis-je à l'âne, encore.

À quel homme rêve la grande, au bout de la maison, derrière le placard à balais ? Prend-elle ses rêves au sérieux, même les plus effrayants ? La petite s'interroge sur celui que la sœur lui raconte de plus en plus souvent : elle vide Rodéric de son sang pour lui en injecter un autre, tandis qu'elle caresse une queue lui poussant entre les jambes. La petite désespère, mais ne peut pas rêver pour la sœur.

Encore, je t'en prie, dis-je à l'âne. Il me prend sur lui. Deux minutes, ferme les yeux, emmène-moi. L'âne sourit. Et nous glissons, homme, femme, père, mère, frère, sœur, nous-mêmes accompagnés des nôtres, jeunes, vieux, morts, vivants, nous pénétrons le ventre créateur. L'âne dit Prends, et je donne. Nous volons haut, marchons sous terre ou tête en bas, nous avons des antennes, et parfois des griffes d'animaux nous ouvrent les paumes sans percer nos doigts. Nous sommes dotés de puissantes machines à voile ou à roulettes, nous parlons plusieurs langues et nous nous comprenons. Nous rêvons comme chaque nuit, indécis dans la ville ou maîtres en nos royaumes, nous aimons la nature, nous composons des bouquets d'arbres, nous avançons, nous n'abordons la mort que par paquets de dents qui nous fondent dans la bouche comme des calissons. Mais aussi nos rêves nous transportent gaiement, dans des contrées dociles. Nous guettons le sommeil, pouvons craindre d'y sombrer, par peur de ne pas remonter, oui, et pourquoi ne pas mourir en dormant, quelle horreur, se dit la petite, au moment de partir, et pourtant elle y va, quel courage, pense-t-elle, d'accepter chaque nuit de quitter la terre ferme. Chacun suit son rêve, le frère rêve de la mère, d'une lutte contre le père, la sœur rêve d'une vie rose ou bleue, ciel, sans ombre, la mère rêve à la sécurité des fenêtres, à la solidité de la porte, à la bonne conservation des denrées, et le père, à la guerre qu'il a remportée. Avant le jour et le moment d'enfiler notre tenue de marcheur, nous trouvons le repos dans nos oreillers tièdes. Dans la même maison, dans des lits différents, chacun fait son rêve, y emmenant qui veut et parfois personne d'autre que lui-même, et c'est bien. Et sous les draps, dans chaque pièce fermée sur les songes de chacun, la nuit remue, le cœur des enfants se blottit ou s'étend pendant que le corps des parents jouit. Plus tard, les voix des anges s'accordent pour nous tirer du songe. La rumeur gagne, la vie reprend, la voiture démarre.

Je ne sais pas si je dois te le dire, lance l'âne. Sans vouloir être terre à terre, je crois que j'ai fait une petite tache sur ta robe. Mais, la connaissant, ma mère va t'arranger cela avec un coup d'éponge.

Il faudrait qu'il se ride, me dis-je, frottant ma robe avec le doigt de salive qu'il me tend en riant. S'il se ridait vraiment, peut-être que je pourrais l'aimer. Nous avons fait l'amour, mais, si c'est fait, me dis-je, après, que ferons-nous ? L'amour encore, et si je veux que tout cesse à présent que l'amour est fait ? me dis-je, me détachant de lui, alors qu'il continue à caresser ma cuisse en prononçant des mots que j'ai rêvé d'entendre, et pourtant, dans sa bouche, tout revient toujours à slip, yogourt, snack. Quelle douceur pourtant, dans les mots de cet homme qui ne s'avachit jamais une fois l'amour fait, et qui me trouve les cuisses froides. Il va m'emmener au soleil cette fois, dit-il, il me sent fatiguée. Il me choisira une mer sans rochers, sans méduses, avec des poissons merveilleux, sans trop de vagues ni de sel, une eau blanche, une eau pure, une eau de jouvence. Comme ta mouille, dit l'âne. Tu viendras ?

On arrive.

La mère de l'âne, dite Mouche, s'est efforcée de ne pas mettre les petits plats dans les grands. Elle donne un ton simple à ce déjeuner d'été pour plaire à l'âne, qui n'apprécierait pas une entrevue protocolaire. Son père s'autorise un numéro de charme, flattant mon rire en cascade, compliment qui me semble soudain aussi impropre qu'un éloge de ma tolérance. Devant Mouche, je voudrais m'agenouiller et demander pardon, puisque, entre le moment où ce rendez-vous a été fixé et le jour où il est arrivé, je me suis mille fois mal comportée. Il y a quelques minutes à peine, dans sa voiture, avant de faire l'amour, l'âne m'a agacée avec son appareil de navigation et j'ai serré les dents : au lieu de se repérer dans les rues, au ciel et au flair, comme un homme, il se sert d'un GPS. Cela m'empêche aussi de l'aimer, mais comment le lui dire, débarrasse-toi de ton GPS, slip, poisson, yogourt, brise-glace, à cent mètres tournez à droite.

Je voudrais que l'âne s'en aille, je resterais en compagnie de ses parents à parler de lui avec tendresse, m'attardant sur ses défauts, puis, peu à peu, nous aborderions d'autres sujets, nous l'oublierions. Je pourrais même converser avec eux sur le thème de l'amour, avant de repartir en amie, et de revenir en visite avec le véritable amour, l'homme à la pomme d'Adam, qui sait. L'autre jour, l'homme à la pomme d'Adam a essayé de me parler, mais il a buté sur les mots. Contrarié, il a reculé, il a dit Non, rien. Il est parti.

Je n'aime pas l'irrespect de l'âne. Aussitôt installé chez eux, il prévient ses parents que nous ne resterons pas tard. Mouche accélère le service, voûtée devant le four, se brûlant la main, se hâtant, jouant avec le thermostat de peur que la cuisson traîne, puis que la tarte brûle, des excuses plein la bouche parce qu'elle nous fait attendre. Je n'ai pas envie de partir, je voudrais rester goûter, puis dîner et dormir. J'imagine un gros édredon sur chaque lit de cette maison, et un linge au parfum frais. J'envoie des sourires forcés vers l'âne, surtout lorsqu'il s'éloigne, parce que je voudrais trouver les mots pour décrire le visage de Mouche, heureuse et anxieuse à la fois de découvrir la jeune femme souriante que son âne a choisi d'aimer. À contre-jour, au fond de la pièce, lorsque l'âne feuillette la revue que son père lui tend, la grenouille disparaît complètement. Alors je peux être sa petite femme, au moins une petite femme, aujourd'hui, pour la joie de ses parents. Penser d'ailleurs à bien insister sur la sensation de gêne sous ma peau quand la petite essaye de l'ouvrir et d'en sortir, tandis qu'une autre, brutale, entière, s'y glisse en la forçant. Trouver le mot juste pour dire l'écartèlement en chassant toute grandiloquence, c'est-à-dire justement l'emploi de ce mot-là. Éviter au passage *ressac*, *tempête*, *psalmodier*, *abysse* et *tréfonds de l'âme*. Même si, pour m'approcher de la pomme d'Adam de l'homme, il va falloir supporter le contenu de ces clichés.

Pour la mère, l'enfant ne grandit pas. Il est indispensable de le garder sous contrôle. Lui enseigner la liberté est inutile. L'enfant a besoin d'entendre comment penser, et quoi. Si l'enfant tombe sur une mère comme la mère, il a toutes les chances de ne jamais mûrir, à moins de brusquer les choses, à moins de refuser l'autorité qui ne se refuse pas. Hélas, soit par crainte, soit par discrétion, il risque encore, à quarante ans, de demander la permission de toucher au four ou de rentrer après minuit. La mère a tous les pouvoirs et, même si la responsabilité qui lui incombe lui pèse, elle n'oublie jamais de penser à la place des autres. Les enfants doivent, les enfants font. Apprendre à penser n'est pas prioritaire puisque, dans la famille, déjà quelqu'un sait le faire. La mère n'est pas toujours certaine de ce qu'elle inculque, elle n'éduque pas dans le but que la leçon soit retenue, plutôt exécutée, et ponctuellement ; se tenir droit, ne pas ronger ses ongles, n'habiter ni au rez-de-chaussée ni au dernier étage, préférer le lait maternel au lait industriel, ne pas manger sans pain mais prier à genoux, et toujours un verre d'eau après un verre de bière. Si elle hésite, elle demande confirmation au père, parce qu'elle ne prend pas sa responsabilité par-dessus la jambe et reconnaît la supériorité du père dans tous les domaines, excepté la cuisine et la médecine. Et quand le père confirme, infirme, elle ressent une sorte de fierté ou de peine, et parfois elle tombe de haut.

À son cas personnel, elle évite de penser, sinon la tristesse vient, et son air se raréfie. Elle suffoque, ne trouve pas le moyen de traverser sa vie autrement qu'en étant elle, même si quelquefois elle perçoit une forme de bien-être à écouter quelqu'un d'autre qui aborde l'inconnu, sur un ton étranger, comme s'il visitait un pays lointain. Elle envie l'étranger, elle lui ravirait volontiers sa liberté. Qui est-elle ? Pas si mal, répond-elle. Elle aimerait apprendre à penser autrement, mais il est tard, et ajouter une nouvelle pensée lui ferait trop, se dit-elle, changeant de sujet.

Et pourtant l'on devine, concernant la mère, qu'elle a été mal aimée. L'extrême adoration qu'elle voue à son mari le confirme, ainsi que le récit écorné d'une enfance dont elle ne se souvient pas, bah, une ou deux anecdotes au mieux, trois si l'on compte celle du loup dans les bois.

Reprenez quelques zakouskis, dit Mouche. L'âne lui fait remarquer qu'il s'agit d'une assiette de charcuterie, et Mouche répond qu'elle a toujours appelé l'apéritif de cette drôle de manière. Et l'âne rougit de honte.

J'aime mes enfants, dit par exemple la mère, sans plus avantager l'un que l'autre, je les aime tous autant, même s'ils sont différents. C'est de la langue de bois : ne trouves-tu pas que l'un de tes enfants est moins sot, plus ingrat, bien gentil ? Mais la mère est sourde, et aussitôt, dès qu'il est question de choisir, elle serre les dents.

L'âne m'avait prévenue. Il ne supporte pas quand sa mère dit *s'il vous plaît*. Il entend, accompagnant le mot, un claquement de langue répugnant. Je tends l'oreille, mais je n'entends rien. Je note seulement que l'âne sort de table pour se rendre aux toilettes. Vous l'avez élevé ou nourri ? voudrais-je demander à ses parents, mais les pauvres ne sont pas en cause.

Le frère, couché contre le mur, embrasse l'horizon vide. Il est adolescent et son excitation s'est transformée en sauvagerie sourde. Il sait comment traiter l'enfouissement des choses basses, il pense n'avoir besoin de personne puisque la mère est là. Petit, le frère cachait dans la terre ses trésors. Il s'en défaisait, avant d'y être attaché. Ainsi a-t-il enterré, pour oublier sa mère, Akil, le Martien en plastique bleu qu'elle lui avait offert. Mais Akil n'a jamais disparu. Et quand le frère tourne ses yeux au ralenti, comme ceux d'Akil, et que tout le monde rit, personne ne sait qu'Akil s'est installé dans le frère, comme une puissance sourde qui parfois le gouverne. Seule la petite le comprend parce qu'en elle aussi habite une foule de gens. Mais le frère et la sœur n'en parlent pas. Cette chose les lie pourtant, comme un autre cordon invisible dont on ne connaîtra jamais bien la substance, on sait seulement qu'on ne peut pas le couper et c'est étonnant. Avec un briquet, le frère met parfois le feu à des lais de papier peint, qu'il éteint ensuite à mains nues.

L'âne revient des toilettes. Je ne peux regarder dans sa direction, ni lui répondre s'il me parle. J'émets des râles pour toute réponse. Lorsque sa mère et son père se lèvent pour débarrasser, m'ordonnant de rester assise, l'âne me demande ce qu'il a fait de mal. Et je ne supporte pas la victime installée dans ses yeux.

La prochaine fois que tu vas aux toilettes au milieu du repas, lui dis-je, excuse-toi au moins.

L'air qui tombe de ses yeux est calme.

Pourquoi ? Ça ne se fait pas ? me demande-t-il.

Limitons la casse. On ne devrait pas en parler trop longuement, ce serait mieux pour tout le monde.

Je n'irai plus jamais aux toilettes, me répond-il, baissant le nez.

Et j'éclate de rire, je lui ris au visage et Mouche est contente, apportant le plateau de fromages, d'être témoin de notre connivence. Alors elle rit aussi. L'âne se libère de son air perdu, il rit à son tour et marmonne que nous réglerons cela plus tard. Je hais chez l'âne sa façon de s'aplatir, mais j'aime l'humour dont il use pour toujours me mettre le nez dans ma méchanceté. De l'époisses, s'il vous plaît.

Une nuit, le frère quitte son lit pour violenter la mère. Immédiatement sollicitée, la psychologue l'en félicite. Cet épisode diffère de ses obsessions d'antan. Il s'agit d'une rébellion adolescente toute légitime, se manifestant chez certains plus ouvertement que chez d'autres. Le père est en mission et la mère dort nue, elle a chaud. Le frère la regarde longuement comme une assiette appétissante avant de se jeter sur elle. Au lieu de se défendre, la mère s'abandonne, pense aux blessures que le père pansera, elle veut voir si le fils va en venir au sexe, elle préviendrait aussitôt le docteur, mais soudain le fils pleure, cesse de battre la mère, se recroqueville, et la mère le prive de sortie, alors que le frère a quinze ans, c'est grotesque. Le frère demande à la mère pourquoi elle l'a laissé cogner, et la mère évite de lui répondre que c'est pour pouvoir le punir, Et puis quoi encore ? C'est moi qui dois m'expliquer ? File ! Ouste !

Quand l'âne donne le signal du départ, ses parents, bien dressés, se lèvent d'un coup sec. Ça va, elle roule bien ? demande le père de l'âne en nous raccompagnant à la voiture. Et Mouche en profite pour me féliciter sur ma toilette, dont elle apprécie la couleur, puis pour s'enquérir sur la provenance de la bague que je porte à l'annulaire. Son ânon aurait-il eu bon goût sans même lui demander son avis ? J'explique qu'il s'agit d'une bague de famille, alors que c'est une pierre de pardon offerte par un homme médiocre.

Tes parents sont merveilleux, dis-je à l'âne, agitant la main pour leur dire au revoir.

Avant qu'il n'exprime en mots le soulagement qui, déjà, imprègne son visage, j'ajoute :

Je suis étonnée que des gens comme eux aient un fils comme toi.

L'âne comprend que le diamant qu'il croit avoir trouvé en moi brûle comme une pierre de lave. Mais il préfère l'oublier aussitôt.

Tu ne leur ressembles pas, enfin, vous êtes très dif-férents, dis-je.

Tu sais, je comprends exactement ce que tu dis, répond l'âne, montant le son du GPS.

Je fuis la musique comme le sommeil, il n'y a que la mienne, toujours, la mienne et mon odeur, ma présence, mon sommeil, mon réveil, rien que moi, tout le reste m'encombre, à part un chien, peut-être, mais si je m'attachais ? Un miroir, c'est déjà bien, j'en ai accroché un au mur du salon. Quand je suis seule, j'essaye de regarder dans mes deux yeux à la fois. Je m'imagine morte, dans un cercueil bien propre, et la mère penchée au-dessus de moi qui finit de faire ma toilette, apaisée, parce qu'elle a pu me coudre les lèvres et tirer mes cheveux en chignon, comme elle aime. Elle dit qu'elle aime quand j'ai les cheveux bien plaqués en arrière, mais ça n'arrive jamais. C'est arrivé une seule fois. J'avais huit ans. Il était obligatoire pour le spectacle de danse classique de plaquer tous ses cheveux. Et la mère avait dit Voilà, c'est comme ça que je t'aime. Sinon, jamais, jamais coiffée, dit la mère, tu n'es pas coiffée, un balai-brosse, je ne te demande pas l'adresse de ton coiffeur, me dit-elle. Quand des femmes ont les cheveux lisses, laqués, roulés, je pense qu'il faut les baiser, les prendre, oui. Les femmes doivent suer, frotter leurs têtes contre les matelas, les moquettes et les murs. Voilà ce que j'apprendrai à ma fille, mais je n'aurai pas d'enfant, je le sais. Sauf de l'homme à la pomme d'Adam. S'il en veut, d'accord, oui à tout, oui à tout si ça venait de lui. Sinon, je ne veux pas d'enfant. Les pleurs font trop de bruit et les hommes deviennent pères. Quand un père parle à son enfant, la femme n'a plus qu'à devenir vieille.

La mère habille la vieille avec douceur, insistant quand même pour les collants noirs et pas gris, avec la robe noire, ce sera plus convenable. La vieille s'évente avec une brochure et se laisse pomponner sans résistance. Elle demande du rouge à lèvres et de l'eau de Cologne surfine. Vous êtes formidable, petite mère, dit la mère. Elle ajoute une broche au col de la veuve et une épingle à son chapeau.

Aujourd'hui, c'est au décolleté de ma robe que l'épingle est accrochée. La mariée m'a demandé si c'était un bijou ancien et j'ai répondu sur un ton d'évidence qui a semblé indisposer l'âne. Du toc, l'âne et moi, oui, ai-je pensé. Mais mon bijou n'en est pas, lui, j'ai insisté, d'accord, mais peu importe, c'est humiliant à la fin d'être prise pour une pacotille. Quand l'homme à la pomme d'Adam me regarde, je sens à quoi ça va ressembler d'être enfin une femme.

La petite a surpris un déploiement de victuailles pour le repas qui suivra l'enterrement du vieux. Elle a faim, espère arriver à temps pour l'éclair au chocolat, mais ne sait pas comment l'avouer au père qui bute sur chaque mot, pince ses lèvres comme pour retenir ses dents. La mère lui a fait un petit déjeuner copieux, avec deux œufs et du jambon, pour que le tout tienne au corps et que lui tienne le coup, et la petite n'a pas osé en réclamer, elle a avalé sa tartine beurrée en baissant les yeux et pensé que, si son père mourait, elle ne réussirait pas à manger tout de suite après. La grande et le frère sont partis cueillir des fleurs dans un champ où les insectes creusent des galeries. À treize heures, le cortège s'ébranlera. Je ne comprends pas ce que le père me dit, sa voix est trop haut perchée, que m'arrivera-t-il s'il ne s'en remet jamais. Il me propose d'embrasser le vieux, mais la mère refuse. C'est le père qui a trouvé le vieux, racorni au pied du fauteuil de la vieille.

La mariée danse avec son père. De fausse connivence en fausse intimité, la fille et le père valsent, ils n'ont rien à faire là, collés l'un à l'autre, gênés. Personne n'est dupe. Le père est mortifié à l'idée de bander. La fille est terrifiée à l'idée qu'un jour il durcisse contre elle. Elle ne veut pas penser à la queue de son père. J'attends que l'âne m'invite à danser, je lui prends la main, mais la buée monte. Nous restons près du buffet, lui et son air flou, moi et mon air torve. Je le regarde manger, je lui demande si les

149

zakouskis lui conviennent. Voyant que mon humour ne passe pas non plus, je tente de l'aborder avec plus de douceur, Tu ne veux vraiment pas danser ? lui dis-je. Non, répond-il, tais-toi, laisse-moi, je t'en prie.

Le père, la mère, la sœur, le frère et la sœur regardent le cercueil descendre sous la terre et la sœur crie. La petite se demande où mettre sa douleur. Si elle garde en elle la mort du vieux, rien d'autre ne pourra entrer, ni un savoir, ni un homme, ni une autre mort ensuite, alors qu'en faire ? Tandis que la sœur s'effondre, le frère supplie Akil de lui transmettre sa force. La petite trouve un morceau de papier.

Le vieux est mort, elle l'écrit. Ses larmes ne ressemblent pas à celles des autres. Il y aura de nouvelles souffrances, et certaines qu'elle ne saura pas écrire et laissera rouiller avec le reste. Par la présente, elle se débarrasse de la perte du vieux. Elle regrette de ne pas être allée à la chasse avec le vieux, il l'avait promis en juillet, puis il est mort en avril, et elle ne saura jamais à quoi ressemble une partie de chasse ou un grand voyage. La nuit tombe, elle s'endort en caressant un canard, tandis que des bécasses dansent au-dessus de sa tête. Le vieux ravive le feu, pour qu'elle ne prenne pas froid. Elle lui promet de chasser seule toute sa vie. Elle a attendu avec impatience la descente du cercueil, afin de pouvoir écrire dans son coin quelque chose sur le colvert qui tombe et sur celui qui vole. Quand l'âne a emménagé chez elle, elle a caché dans une boîte à cadenas les mots intimes d'enfant sur lesquels elle ne voulait pas qu'il tombe.

L'âne m'a emmenée à ce mariage pour finalement se vautrer dans ses états d'âme. Personne ne m'invite à danser. Je croise mon air mauvais dans le pendentif à miroirs d'une invitée et je constate qu'il me rend repoussante. Je me fends d'un compliment sur son bijou afin de pouvoir me regarder encore dedans, puis converse avec elle, pour passer le temps, les dents plantées au fond des joues. Tout cela est harassant, d'autant qu'elle me tanne avec le récit d'un film loufoque où ça pétarade dans tous les sens. L'âne tourne le dos à l'assistance, courbé sur le buffet comme sur une cuvette de chiottes. L'homme à la pomme d'Adam n'a pas une tête à aller dans les mariages. À mon avis, il refuse toutes les invitations. Il jette son dévolu sur une personne qui lui suffit, il ne sort plus ; à neuf heures, on est couchés, on fait l'amour, ça me convient.

Avant de mourir, le vieux a tenu à dormir avec la vieille. Contre son gré, il est revenu, chaque soir à la charge. Serrant les poings, la vieille a juré qu'il ne l'emporterait pas au paradis, elle a lutté, refusé le lit, se plaisant à garder le fauteuil, à imaginer que l'homme étendu à ses pieds était un ancien golfeur ou un marin, l'attendant aux Sénioriales. Il y a donc une justice, a-t-elle observé en découvrant le vieux froid.

L'âne boit. Lorsqu'il est ivre, rien dans son comportement ne le trahit. Je commence à craindre le retour, je voudrais qu'il me parle, maintenant. L'idée de nous coucher côte à côte avec le grand froid dans la chambre me terrifie. Je m'approche. Laisse-moi, dit l'âne, je t'en supplie. Écoute, lui dis-je, ou tu te décoinces ou tu me déposes.

Après la mort du vieux, la sœur entre dans la peine et n'en ressort pas. La mère lui demande de s'endurcir, elle n'est pas plus malheureuse que les autres.

Irritée par les réprimandes maternelles, la sœur quitte la table. Le père soupire, le frère tourne les yeux lentement, la petite sourit, elle adore quand le frère fait Akil, et elle adorera bientôt le moment où la sœur quitte la table. Longtemps, elle a craint les foudres de la mère, sa tristesse, le désarroi du père, craint qu'un jour il ne se fâche, ne se lève, ne s'en aille définitivement. Mais, maintenant, elle sait que le bloc familial ne compte pas et qu'elle est un être particulier. C'est elle qui prend toute l'histoire en main. Elle en fait ce qu'elle veut, à partir de maintenant, elle ment ou pas, elle enjolive et elle détruit. J'ai tous les pouvoirs, se dit la petite lorsque la grande quitte la table, gâchant le repas, ridant la mère, marbrant le père. La grande pleure, mais, si la petite lui demande pourquoi, au fond, si elle lui dit que c'est impossible de pleurer encore sur le vieux, la grande répond qu'elle ne sait pas comment fait la petite. La petite lui prend la main et mange le gâteau qu'elle y trouve.

L'âne ralentit en bas de l'immeuble. Je descends de la voiture et il repart aussitôt dans un grondement de moteur. Quand il reviendra, me dis-je, ah oui, quand il reviendra, parce qu'il va se pointer, c'est certain, la queue entre les jambes, après sa crise de jeune fille, je lui signalerai que sa voiture n'est pas une Porsche, je lui dirai que les gars qui ronflent du moteur sont des rase-mottes qui n'ont rien d'autre à faire ronfler. Je le quitterai, non, je n'en prendrai pas la peine, je n'ai rien à voir avec cette histoire, c'est la sienne maintenant. De retour, parce qu'il va revenir – les petits êtres rentrent se mettre au chaud –, l'âne errera de pièce en pièce, jouera trois notes sur le piano.

Il croira que je l'excuse, pauvre tache.

Je lui sourirai, comme si je le comprenais, alors que chaque mot qu'il prononcera me donnera envie de rire, pauvre con.

Il veut que je l'aime, pauvre âne, mais l'amour ça se fabrique tout entier, alors on choisit bien avant d'aimer le bon. Je sais qui je vais aimer.

Le frère pense à vivre seul, il entre dans le salon pour aborder la question, mais, à la vue de la mère, aussitôt il se ravise. Le frère se demande comment partir sans abandonner la mère. Le frère attend que la mère baisse les yeux sur son ouvrage pour oser une sortie d'un soir. Elle ne le retient pas, elle met même dans sa voix toute la gaieté nécessaire pour laisser l'enfant libre. Le frère juge le père un peu rustre. Ces derniers temps, il dit même à la petite qu'il trouve le père absent, lointain, bizarre. Mais la petite n'a rien vu. Pas avec moi, jamais, dit-elle. Le frère protège la mère contre la sœur et le père, il choisit son camp. À Cerise, sa fiancée, qui le réclame, il répond que sa mère traverse un moment délicat. Elle lui conseille de vite couper le cordon, et le frère hausse le ton, lui ordonne de se taire, de retourner, idiote, à ses lectures stupides. Elle n'ose rien ajouter, elle pleure, il la serre doucement et il s'excuse à peine. Mais à la mère, en revanche, il ne montre rien de l'amour qui le dévore.

L'âne tarde à revenir. J'ai vu son air perdu, mais je ne suis pas coupable. S'il aime m'entourer, qu'il fasse mieux que ça. Il m'entoure, puis me lâche. C'est injuste à la fin.

Le frère a peur pour la mère. Petit, il la guettait parfois dans le garage, soucieux de la sauver si des hommes l'attaquaient, il appelait l'ascenseur pour qu'elle n'ait pas à l'attendre dans la pénombre, toute seule. Il était derrière elle, caché. Poussant la porte, il revêtait son habit de mauvais garçon. Petit impertinent, lui disait-elle, sale gosse, et il entrait dans sa chambre le cœur gros de l'insulte mais si gros de la mère. À l'école, derrière la grille, il la regardait s'éloigner en la sifflant comme une fille des rues, le sourire vertigineux, l'appareil étincelant sur ses petites dents. Et quand il la sifflait, c'était un chant d'oiseau qu'il envoyait vers elle, et plus il sifflait faux, plus l'oiseau chantait juste, et plus il sifflait fort, plus l'oiseau chantait bas.

Le frère pense à vivre seul, mais ne sait pas pourquoi. C'est à la mère qu'il voudrait se confier. Il lui donne raison en tout, même s'il ne l'avoue pas. Au fond, il ne croit pas un mot de ce qu'il lui oppose. Il voudrait la serrer dans ses bras et s'endormir contre elle. On ne parle plus d'Akil, l'ancien vilain bonhomme chargé d'obsessions que l'on a combattues. On les a enterrées, mais le frère continue de les porter en lui comme une femme des enfants, il les sent bouger. Quelquefois, devant le père, une tristesse le terrasse. Dans le frère, il fait sombre. Lorsque la mère dit Mon chéri, il se sent inébranlable, il regarde les femmes avec un sourd dédain. La mère trouve que le frère est un être adorable, plus il grandit, plus elle le soutient. Au père, dans les disputes aujourd'hui quotidiennes, elle assure que le fils est le seul homme de sa vie.

Lorsqu'il surprend la mère maudissant le père, le frère ressent effroi et excitation. Il se demande comment ne pas tout perdre en se quittant soi-même, car c'est bien lui qu'il quitte chaque fois qu'il fait un pas loin de la mère, loin de l'appartement, loin de l'angle du couloir où sa chambre l'abrite comme le pli d'un bras.

L'âne a rapporté deux bouteilles de champagne. Il les porte sur son dos comme des réserves d'oxygène. Elles sont conditionnées dans des conservateurs de froid orange. J'envisage de les retirer lorsque l'âne me conseille de les laisser. Il paraît que ça marche, précise-t-il. Pardon pour hier soir, je ne sais pas ce qui m'a pris, dit-il encore, m'attirant à lui. J'ai honte de moi, est-ce que tu me pardonnes ? Il sent la cigarette, je recule.

La mère s'est donné un mal fou pour que la sœur, le frère et la sœur prennent de l'avance à l'école. Pour la première, elle a obtenu une dérogation, lui évitant une année supplémentaire de maternelle. Vexée que cela lui soit refusé pour les deux suivants et qu'on les abêtisse encore avec l'alphabet chanté et la danse des canards, elle leur a appris à lire et les a inscrits à des cours particuliers d'anglais et des stages de culture générale. C'est pourquoi, le jour où le frère, enfant fragile qui sortait des larmes grosses comme des poings après avoir frappé les siens pour atténuer son chagrin, présente Cerise, la mère voit son mérite récompensé. Le frère est précoce. Tout le monde est étonné. C'est de son âge, dit la mère au père curieux de ce que Cerise et le frère peuvent bien trafiquer dans la chambre. Mieux vaut qu'ils le fassent ici plutôt que dans la rue, rétorque la mère. Cette allusion scabreuse sème l'allégresse dans le salon, et la grande plaisante avec la mère, lui renvoyant la balle. Et contre un arbre, c'est encore mieux ! La mère ne s'étonne pas de la liberté de ton de sa fille. Très jeune, la sœur a été préparée aux dangers qu'elle courait. Quant à la petite, elle a déjà vu un préservatif, a appris à le dérouler le long du pouce de la mère et compris qu'en chaque homme se nichaient entre une et dix possibilités d'infection.

Soucieuse de faire disparaître ces bouteilles de champagne au plus vite, je les bois. L'âne me rapporte les propos de ses parents, toujours plus élogieux, ravis et pressés de nous recevoir à nouveau. Mais l'âne dit qu'il y a le temps, et je lui réponds qu'au contraire, et sans faire aucun effort, je serais ravie d'y retourner bientôt. On va se calmer, tout le monde, hein ! plaisante l'âne. Devant l'urgence de le faire taire, je m'assois sur lui et l'embrasse. Viens par là, dit-il avec sa belle voix. Il plaque ses mains autour de ma taille et dégrafe ma robe. J'aimerais qu'il mette autant d'ardeur à défaire de leur combinaison de plongée les deux bouteilles. Mais, au fait, je viens de comprendre : la veille, il a fait ronfler le moteur, puis il est allé dormir chez ses parents.

La sœur aussi est amoureuse. C'est fait. Le garçon s'appelle Guy, il vient parfois dîner, la sœur a changé, elle ne pleure presque plus, elle demande à la mère comment s'habiller avec élégance et la mère la conseille, lui prête du maquillage. La sœur a dix-neuf ans, elle va se marier peut-être, espère la mère, qui demande son avis au père, le soir, en chuchotant, et parfois en anglais, et le père répond qu'il est trop tôt (*too early*). La mère signale que Guy est militaire, elle aimerait qu'on se réjouisse. Surtout que Cerise, la fiancée du frère, n'a pas de père, il faudra faire avec cette petite née de l'opération du Saint-Esprit, raille la mère, qui ne préfère pas penser à l'allure du faire-part, surtout que la mère de Cerise, qui a honte de son prénom, se fait appeler Andy. C'est sans doute une femme originale, excuse le père. On aura qu'à dire qu'elle est américaine, propose la mère. Elle s'appelle peut-être Endive, me dis-je, tandis que la mère et le père envisagent d'autres possibilités, Anne-Lydie, Agnès, c'est joli Agnès, elle doit s'appeler Agnès ou Annie, Heidi, pourquoi préférer Andy, Adeline ? La mère suggère alors un dîner, avec les parents de Guy et la mère de Cerise. Prépare quelque chose de simple, ne te donne pas trop de mal, conseille le père ; on ne doit pas les gêner, ajoute la mère.

Je n'avais pas envie d'aller à l'hôtel.

Tu n'avais qu'à dormir dans ta voiture.

Ma mère n'a posé aucune question. Ce n'est pas important. Je te demande de m'excuser.

Dans la famille de la petite, il est d'usage de penser que le reste du monde est dépassé, inférieur. Mais il ne convient pas de le faire sentir. Il est donc recommandé aux enfants de ne pas faire état des études du père, du tableau de maître, de la maison de vacances. Sur ce chapitre, les vacances ne sont pas si enviables. Malgré l'excellente entente qui lie la mère, sa sœur, ses enfants, la sœur, le frère et la sœur, un problème de salle de bains empêche les vacances collectives. Pourtant, le souvenir d'un été familial résonne encore dans le cœur de chacun comme une grande partie de plaisir. Mais, pour une question de place et à cause de cette histoire de roulement à l'heure de la douche, l'expérience n'a pas été renouvelée. On se partage la maison familiale en déplorant l'absence des proches, mais avec toute la place nécessaire à l'ennui. Longuement, la famille s'échange des coups de fil tristes, accablée par cette affaire de toilettes et de douches qui, si elles étaient plus nombreuses, changeraient le cours du plaisir.

Lorsqu'il propose à la mère de faire simple, le père le dit pour elle, sincèrement, soucieux de ne pas lui donner de travail supplémentaire, mais la mère entend autre chose, elle entend ce que le père s'est justement refusé à penser, de toutes ses forces, elle entend l'histoire de jeter ou pas de la poudre aux yeux. On invitera la vieille, ajoute le père, ça lui fera du bien de partager le bonheur des enfants. La mère ne peut réprimer un soupir. Ah ? Tu crois ? demande-t-elle. La mère trouve que sortir la vieille de sa maison de retraite pour un dîner présente mal. Elle ne mange pas grand-chose, ça ne va pas simplifier mon menu, dit encore la mère, et si elle est fatiguée, elle voudra rentrer tôt, elle va nous couper la soirée. Je la raccompagnerai discrètement, promet le père. C'est plus humain, ajoute-t-il après un temps de réflexion. Le père et la mère sont des manipulateurs, l'un avec l'autre et séparément.

L'âne ne se départ pas de son calme. Il m'a laissée m'enfermer dans mon bureau, avant de m'appeler pour me prévenir qu'il avait fait le dîner. Perçons l'abcès, me dit-il. Et je me mords les lèvres pour ne pas évoquer l'abcès de son postérieur, que nous avons mis quinze jours à oublier, ma gêne et moi.

La vieille arrive la première, et la mère l'assoit sur le fauteuil qui ne craint rien, recouvert d'une alaise, au cas où. La petite s'installe auprès d'elle, comme elle a l'habitude de le faire, même quand elle préférerait jouer. La mère court de pièce en pièce, redressant un coussin, arrangeant un rideau, hésitant sur le menu, pas décidée encore sur le vin à servir. Et ce père qui s'en fiche, assis avec la vieille. La mère a besoin d'aide, ses boudins-cocktail ont claqué, par quoi les remplacer avec l'apéritif ? Fais des cubes de gruyère, dit la grande qui n'aide pas, à cause de sa belle robe. Mets des chips, propose le frère. Je prendrais bien un vin cuit, souffle la petite. Et la mère, d'un soupir, sous-entend qu'elle les remercie. La petite rêve de terroir. Tout est si raffiné ici. Plus tard elle se débarrassera du superflu afin de profiter d'un sol chauffé par le soleil ou mouillé par une pluie d'été.

Tu as dormi chez tes parents. C'est un comportement d'enfant. Je ne peux pas vivre avec un enfant. Tu es tout petit même si tu fais de grands gestes.

Andy et Cerise apportent des fleurs, et la mère peste au-dedans, c'est malin, franchement, d'arriver avec un bouquet, alors qu'elle a tant à faire. Une fois les gens partis, la mère, l'air de ne pas y toucher, dira que c'était gentil, les fleurs, attendant que nous lui demandions ce qui ne va pas avec ça, vérifiant que nous avons été bien élevés, que nous savons, tous autant que nous sommes, qu'il est d'usage de faire porter les fleurs avant la réception. Tandis que la mère s'occupe de trouver un vase, le salon s'organise. Le frère et Cerise s'assoient côte à côte. Andy, sa mère, choisit un siège proche de celui de la vieille et parle à la petite. Le père la met en valeur, elle et sa sagesse, sa gentillesse, son travail à l'école, sauf en mathématiques, hein, il le dit aussi, mais tendrement, ça ne sent jamais le reproche avec lui, et la petite sourit en penchant la tête. La grande n'est pas jalouse, elle s'en moque, d'autant qu'entrent Guy et ses parents, deux avenants chéloniens aux prunelles écarquillées, aux cous tendus vers l'avant et aux têtes plantées légèrement à l'oblique, comme celles des bénévoles. On boit, on mange, on est heureux, on prend des photographies. On fait des couples. La sœur et l'homme. Andy et Guy. La vieille et la mère. Je figurerai pour ma part sur une photographie, debout entre Cerise et la femme-tortue. La vieille demande qui se marie, la mère lui fait signe de baisser d'un ton et la vieille répète sa question. Nous ! lance alors la sœur, et Guy acquiesce. La sœur ne saurait dire si son plus grand bonheur, à cet instant, est de devenir la vedette ou d'avoir trouvé l'amour. Ce que la sœur ne sait pas, à cet instant aussi où elle provoque la surprise générale, parce qu'une amourette d'accord, mais un mariage, si rapide, quelle affaire, c'est que Guy a une sœur aînée possessive.

L'âne théorise. Il dit s'être senti mourir, et quand je demande où est ma place, là-dedans, il répond que ma place n'est pas le sujet dans ces moments-là. Je l'accuse de théoriser. Chacun suit la méthode qui lui convient, me répond-il. Et tu ne te permettrais pas de critiquer la mienne, dis-je alors, je sais. Pas étonnant que tu me parles de chat, tu ne penses pas, tu ronronnes.

Le père, la mère et les chéloniens se congratulent en s'embrassant. La mère en profite pour glisser à la femme qu'elles sont toutes deux bien jeunes pour devenir grands-mères. Tout passe vite, c'est bientôt terminé, on expédie, comme hantés par le pressentiment d'un drame. On sent que quelque chose pèche.

Tu as pris rendez-vous pour commencer les travaux de cuisine ? me demande l'âne. Je me disais qu'après nous pourrions rénover la salle de bains.

Oui, oui, rénove.

Arrête. C'est dommage.

La sœur prend la main de Guy, la serre maladroitement, et Guy ne répond pas aux caresses de la sœur, c'est là que ça pèche. Il dit Rattache plutôt ta mèche, tu l'as sur l'œil. De l'air, les mouches ! lance-t-il ensuite, frappant dans ses mains. La sœur surprend le regard du père, de la mère, étonnés, curieux, inquiets. Elle tente alors une autre approche vers Guy, qui l'appelle cette fois Mini-Glu, la sommant d'aller jouer plus loin. Il plaisante, d'accord ? dit la sœur à la mère, lui intimant implicitement l'ordre de changer de tête. Guy revient vers elle, Mini-Glu toi-même, chicane-t-elle, lui donnant une tape. À voix basse, Guy lui conseille de ne jamais lui refaire un tel affront. Et moi, je suis là et j'entends.

La sœur et Guy, avant le départ de Guy pour le front – et la mère va le répéter souvent dans les mois à venir –, vont se marier, c'est chose décidée, sauf si quelqu'un s'y oppose, quelqu'un qui remarquerait combien Guy est atone, peu tendre, et plein d'idées reçues. Je le constate, mais ma voix n'arrive pas à percer. Je me tais. Il est l'heure de choisir. Et je ne peux pas exister tant que la sœur dort sous le même toit.

Coucou, chante l'oiseau douze fois de suite. L'âne a un mouvement d'agacement. Il s'approche de la cabane en bois et va chercher l'échelle. Tu es trop petit, lui dis-je. Il me regarde longuement. Je serre les dents, il débranche le coucou. Maintenant, on va dormir, viens, me dit l'âne.

Je vais tout saccager, lui dis-je, tu vas voir à quoi ça peut ressembler quand je m'y mets.

L'homme à la pomme d'Adam est là, il regarde par-dessus mon épaule, il attend le moment propice pour y poser sa main. Il occupe ma tête. Je suis à ses ordres, je veux qu'il me gouverne, je lui donnerais un œil s'il perdait le sien. Je veux lui tirer un cri, des larmes, plu-sieurs joies successives, me dis-je en écrivant.

Poussant la porte de l'immeuble, j'ai tout juste le temps de retrouver une respiration normale, avant de tomber sur l'âne, mal fagoté, voûté par la misère du monde. Donnez-lui trois sous qu'il se redresse, me dis-je. Je lui tends un paquet à porter à l'étage, mais il pleure. Je l'interroge, qui est malade, qui est mort, et il ne répond rien, puis, voyant que je vais perdre mon sang-froid, il avoue que c'est lui qui s'ouvre en deux. Excédée, je monte les courses et claque la porte. Ici, l'homme faible est prié de passer son che-min. Je prépare le dîner, j'imagine que, si nous avions des enfants, je vérifierais leurs devoirs, les coucherais une fois la dernière bouchée avalée, et, lorsqu'ils réclameraient leur père, je leur conseillerais de ne pas s'inquiéter, de ne pas avoir peur. Et les enfants s'endormiraient lentement, en claquant des dents.

J'attends que l'âne me rejoigne, mais, le temps passant, je descends finalement l'escalier sur la pointe des pieds, puis à grand bruit, me disant que je perdrai de mon effet s'il me sent hésitante. Car je compte crier et faire cesser les enfantillages. L'âne est toujours debout, mais la poubelle qui le soutenait a été sortie. Il a glissé le long du mur. Pleine de mépris pour son manque de cran, je déclare qu'il n'aura qu'à remonter quand il aura terminé sa crise. Je tourne les talons et prends garde à la légèreté de mon pas afin qu'il conserve, s'il décidait de me quitter, une dernière image de moi agréable. Plus tard, je descends la poubelle après y avoir déposé, proprement emballé, un quignon de pain fourré à la confiture. M'entendant arriver, l'âne se cache. Je le trouve dans la cour, le visage vert d'avoir pleuré dans sa parka. Je prends pitié, le soutiens jusqu'à l'appartement, le couche, lui place un livre entre les mains et lui ordonne de s'appliquer à le lire. Après quoi je lui apporte du café chaud et des tartines. Il s'endort, la tête sous l'oreiller. Je m'éveille.

Observant d'autres futurs mariés, la sœur constate que son fiancé est différent. Il est moins attentif et peu aimant. La préparation au mariage avec l'aumônier militaire lui révèle, séance après séance, la médiocrité de son futur époux. La sœur, dont on aurait parié qu'elle se refuserait à trouver le moindre défaut à son mari, est lucide. Guy est de ces hommes qui pestent souvent, ne remercient pas, s'essuient les pieds sur le paillasson des voisins du dessous afin de ne pas salir le leur, trouvent que les clochards gênent en travers du trottoir, ne laissent pas de pourboire, ricanent des femmes au volant, exigent des fausses factures pour s'arranger ensuite, la sœur ne sait ni de quoi ni avec qui, elle se rend simplement compte qu'il lui donne peu et nettoie seulement sa place à table. Chacun sa crasse, dit Guy. Mais, lorsque pour s'endormir il se colle contre elle, elle se sent rassurée. Quand un autre fiancé se recueille en prière, cherchant la voie pour devenir un époux et rendre sa femme heureuse, Guy prie la sienne de l'honorer et de se soumettre, en bonne épouse.

L'âne promet d'aller mieux, il ne sait pas ce qui vient l'accabler chaque soir et le tient éveillé. Il s'interroge aussi sur sa tête qui lui pèse chaque fois qu'il la redresse. Tu ne serais pas le premier, me disje, le voyant s'étioler, à tomber en déprime à mes côtés. Un miroir trop brutal, m'a dit un homme, un jour, tu ne dis rien, et pourtant l'homme est percé à jour. Pour te garder, il faut t'abattre, et pour t'aimer, il faut se tuer. Pourtant, tu ne dis rien qui fâche, ni ne te conduis en souveraine. Mais l'homme ne se remet pas d'avoir vu ce qu'il est en toi. Tu ne l'ouvres pas, mais, pour survivre à tes côtés, il se la boucle, puis il s'éteint.

Avec le père à qui elle confie parfois ses craintes, la mère avec laquelle elle discute longuement sur la question du sentiment, la petite qui l'aide à choisir une robe, la grande organise son mariage. Mais les couleurs ne prennent pas, le buvard boit l'encre, le papier fabriquera des taches. Chaque fois que quelque chose de bon se produit survient ensuite une crise. Par exemple, Guy peut tenir la main de la sœur dans la rue, mais soudain la lâcher et s'éloigner. Sportivement, elle le rattrape, il marmonne, elle lui demande si quelque chose le perturbe, mais il se mure. Un peu plus tard, à condition que la sœur n'essaye plus d'établir aucun contact, tout rentre dans l'ordre. Mais la sœur craint d'être la source de ces sautes d'humeur, elle s'épuise à chercher les causes de cette cyclothymie. Pourtant, elle garde espoir, parce qu'elle est fière de lui, en uniforme et en civil, elle est fière qu'il l'ait choisie, elle, et pas une autre, alors que les filles étaient nombreuses le soir de leur rencontre. Ses amies l'ont enviée, davantage encore quand elle a annoncé qu'il l'épousait. Elle est la première à se marier. Pour une fois dans sa vie, elle est la première et pas seulement l'aînée. Mais le jour approche, et sa peur grandit. Ses amies la rassurent, combien d'hommes, paniqués à l'idée du mariage, sont devenus doux comme des agneaux une fois l'anneau passé au doigt.

Elle ne sera pas heureuse, on le lui dit ou pas ? murmure la mère. Je m'en charge, rétorque le père. La sœur a l'air plan-plan, c'est vrai, reprend la mère, mais si on la connaît, au fond, elle est boum-boum. La mère connaît sa fille. Guy est peut-être trop jeune, il finira par comprendre le fonctionnement d'une femme, dit le père. Parle-lui, suggère la mère, mais pour lui dire quoi ? demande le père.

Un jour, la sœur rentre en pleurant, parce que son fiancé s'est moqué de ses pieds plats et de ses cheveux gras. La mère la console, ce n'est pas grave, dit-elle, c'était sûrement pour la rime, il ne le pense pas, il riait. Il riait ? dit la sœur, il rit tellement que parfois il rit aussi quand je pleure.

Elle est si jeune pour le mariage, ne veut-elle pas attendre un peu, fréquenter Guy, vivre avec lui comme ils font là, mais patienter encore pour le reste, elle a le temps. La sœur monte sur ses grands chevaux, demande si l'avenir qu'on prévoit pour elle dans la famille est celui de fille-mère. Je terminerai ainsi si vous continuez à me casser ! hurle-t-elle. Mais le père donne l'exemple du vieux et de la vieille : il est périlleux de vivre très longtemps avec la même personne, mieux vaut commencer un peu tard. À vingt ans, et même s'il participe à plusieurs guerres, vous risquez d'être mariés au moins soixante-sept ans ! Qu'insinues-tu ? hurle la sœur, qui tempête pour la première fois contre le père, Guy ne mourra pas au combat !

La sœur quitte la maison. De la fenêtre de la cuisine, on l'entend traverser la cour en nous traitant de sales cons.

173

L'âne est promu dans son service. Il m'appelle pour me l'annoncer, la voix brisée. Tu es aux chiottes, lui dis-je. L'âne perd courage. Il refuse la promotion. Il pleure. Ce n'est pas le moment, me dit-il, je tiens à peine debout, je ne peux pas prendre cette place. Ta place est aux chiottes, restes-y. La malédiction ne tombera pas.

La mère s'étiole. Elle ressent au fond d'elle-même, comme si c'était la sienne, la peur de la sœur. Avec la petite, elle fait les magasins, rassemble le trousseau, pense à tout ce qui pourrait être utile à la grande. La petite demande pourquoi ne pas annuler, puisque le père est sombre, la mère affolée, et la sœur apeurée. Mais la mère lui répond de ne pas dire de bêtises. Et ne va pas mettre cette idée saugrenue dans la tête de ta sœur, tais-toi surtout, recommande-t-elle encore.

Tout semble s'arranger, un soir, quand la sœur passe montrer au père, à la mère, au frère et à la sœur sa bague de fiançailles. Tu es sûre de toi ? demande le père. Il nous semble, à ta mère et à moi, que Guy n'est pas à ton écoute, faisons-nous erreur ? Je l'aime, dit-elle, laissez-moi. L'emmerdeuse ! s'exclame la mère quand la sœur claque la porte, laissons-la plutôt claquer les portes au nez de son mari et ne nous mêlons plus de rien.

La rouille perle au-dedans du père. Le père a toujours dit qu'il y avait deux catégories d'homme, les as et les nuls, et, entre les deux, aucune. La mère pleure, et le père la prend doucement dans ses bras. Dans une vie, on a parfois plusieurs vies, lui dit-il, mais notre chance sera de les passer toutes ensemble, alors la mère remercie, même si elle donnerait bien un peu de son plaisir à la grande. La mère prépare le dîner, et nous ne sommes plus que quatre ici, le père, la mère, le frère et moi. Chacun ressent le vide de manière différente. Le père étouffe, il voudrait s'émouvoir, mais il enrage. La mère essaye de se plaire dans sa nouvelle situation de mère de trois enfants dont l'aînée est mariée, bien, bien, bien mariée, sûrement, enfin nous espérons que cela durera. Le frère fait observer que le droit au divorce est facilité pour la femme depuis 1975, et moi, je ressens une vacance, la possibilité d'un espace propre et libre. Et mieux, je chante. Penser à noter les paroles quelque part.

Quand je chante, l'âne terrifié range ce qu'il a déplacé, nettoie ce qu'il a souillé. Parfois, il appuie son front contre un mur. Dès qu'il change de place, je vérifie que la sueur de son front n'a pas laissé d'ombre sur la peinture et, si c'est le cas, il frotte.

Effondrement. J'aime la forme des lettres de son nom, leur place, leur ordre, le *z* contre le *v*, le *t* contre le *k*, contre le *r*. Rien n'est ensemble et tout va contre. Relève-toi ! hurle l'homme à la pomme d'Adam, blanc, patiné de rose sur les joues, vert aux yeux, ciré de haine, à l'abandon. Un voile gris recouvre l'espace. Le temps use, chaque minute est distance. On va faire rouler la moto, j'ai dit, tu viens avec moi, tu montes et tu fermes ta gueule. Si tu n'aimes pas ce que j'aime, nous n'avons rien à faire ensemble, relève-toi ! hurle l'homme à la pomme d'Adam, la tête entre ses mains, assis au bord du lit. Relève-toi, j'ai dit !

La malédiction ne lâche pas. Je m'écroule. Mon pied cogne contre le mur, mon crâne roule au sol, j'attends sa main. Il se la colle aux lèvres, il voudrait les coudre, il sait qu'il va trop loin, mais il ne peut plus se taire, Relève-toi, j'ai dit ! Tu ressembles à ta mère, je ne veux pas être ton père, je suis un aventurier, moi ! Je resterai comme je suis, tu ne me changeras pas, un aventurier, tu entends ? Je ne suis pas un faible. Quand je vois ton père, un homme bien, oui, c'est un homme bien, ton père, je ne dis pas le contraire, je ne me le permettrais pas, intelligent, brillant, mais ce qu'il est devenu pour plaire à ta mère ! Debout mémère, tu ressembles à ta mère, une femme bien, elle aussi, je n'ai pas dit ça, attachante même, mais avoue qu'elle n'a rien à offrir à un homme comme ton père. Elle le bride, le pauvre, j'ai si peur de devenir comme lui si tu devenais comme elle, et il est probable que cela se produise, ta bouche se pince parfois et tu lui ressembles aussitôt. Quelque chose te déplaît et le bas de ton visage s'allonge, c'est moche d'ailleurs, et je ne serai pas ton chien, voilà, tu m'entends ? Allez, debout, tu ne fais aucun effort !

Quitte-moi, lui dis-je.

Non, hurle l'homme à la pomme d'Adam, c'est trop facile, tu n'attends que ça, tu me tues, pourquoi ? Tu gâches ma vie ! Viens faire rouler la moto, je l'ai achetée pour toi, pour les promenades. La moto de course, d'accord, j'admets, tu vois ? J'admets, tu entends ? J'admets que la moto de course était trop rapide, et inconfortable, j'ai bien fait de l'abandonner. Mais, sur celle-là, tu grimpes et tu n'as pas peur. Je sais conduire, on y est comme dans un fauteuil et ça ne va encore pas, tu n'es jamais contente, c'est comme pour le vélo, ça te fait mal aux fesses, le vélo, mais où est-ce que tu n'as pas mal ? Regarde comme la vue est belle à moto. Je vais te caresser les cuisses sur les routes qui serpentent, c'est pas bien, ça ? Je t'essuie la selle avec mon pantalon, chaque fois qu'il pleut, pourquoi tu ne veux jamais entrer dans mes rêves ? Allez, tais-toi, viens. Sois simple, tais-toi, suis-moi.

Répète-moi que nous n'avons rien à faire ensemble si je n'aime pas tout ce que tu aimes, lui dis-je trop bas pour qu'il entende.

Trente-deux ans, je suis une femme de ma famille et je ne payerai pas. L'homme à la pomme d'Adam continue, C'est toi ! C'est toi ! C'est trop facile ! Tu n'essayes pas ! Fais des efforts, tu me tues !

L'homme à la pomme d'Adam regarde dans son appareil photo et dit Ne bouge surtout pas, tourne ta tête à droite, moins, reviens, plus haut le visage, droit devant, baisse les yeux, regarde ma main, ne bouge plus, merci beaucoup. Je sais que tu n'aimes pas ça, mais les photos où tu pleures sont de très loin les plus réussies.

Il embrasse son objectif. Il lui sourit.

Je me lève et je pars.

Tu vas où ? demande-t-il. Tu ne veux pas qu'on aille manger un morceau ? Ça te dirait, un chirachi ?

Je descends l'escalier. Je pense à l'âne, à sa manière de se pencher sur moi, Es-tu sûre que tu n'as pas froid ? Si l'âne me voyait, Elle a atterri, dirait-il.

Un an plus tôt, l'homme à la pomme d'Adam m'embarque. En coup de vent, je demande à l'âne de ne pas voir d'inconvénient à ce que je prenne l'air, loin de lui. J'ajoute, bonne fille, que j'ai sûrement ma part de responsabilité dans sa tristesse, et que tout va s'arranger pour lui maintenant que je le quitte. Tu enverras quelqu'un pour chercher ton piano ? lui dis-je. Et vite, je compte sur toi, l'homme que j'aime n'aime pas la musique des autres. Il sera blessé s'il voit ton instrument, je le sens. Je me donne immédiatement, corps et âme, à l'homme à la pomme d'Adam.

Hier encore, l'homme à la pomme d'Adam cherchait une maison à la campagne. Un abri pour nous deux, un nid, disait-il. Et puis soudain, il se ravise, Mais à quoi bon chercher une maison vu qu'on ne peut pas y aller à moto ? Je vais plutôt me prendre une cabane dans les bois, je n'ai pas besoin de plus, je viens de m'emmerder tout l'été avec toi dans une voiture, tu m'imagines, moi, dans une voiture et à l'hôtel, moi l'aventurier, moi le baroudeur, alors maintenant que j'ai fait l'effort de respecter tes envies, je vais faire ce qui me plaît, et tu vas suivre. Je ne suis pas un bourgeois, j'ai le goût de peu, ma vie c'est les voyages, je vais m'acheter un bateau d'ailleurs, personne ne viendra me faire chier en pleine mer, tu viendras, hein, toi, tu viendras ? Tu aimes le bateau au moins ? Tu ne vas pas m'annoncer que tu n'aimes pas le bateau ? J'avais une fiancée, avant toi, elle aimait le bateau, j'ai été tellement malheureux quand elle m'a quitté, je souffre quand on me quitte, tu le sais, n'est-ce pas ? Donc toi, tu ne me quittes pas. Je te préviens. Tu viens sur le bateau ? Tu sais naviguer ? Je t'apprendrai, ça rentrera vite, tu n'auras qu'à écouter ce que je dis.

Avec l'âne, il n'y avait pas de menace. Parfois, je le mettais dans des états fébriles, mais lui ne me menaçait jamais. Même après un repas dans ma famille au complet, il me souriait encore.

L'âne reprend du poisson. Il complimente la mère, invite la sœur à l'imiter, il lui tend le plat, mais la sœur refuse. Sa ligne, explique la mère, son popotin. Elle est idiote, elle se limite sur le plat, or je dégraisse systématiquement mes plats. Ensuite, elle se laisse aller sur les desserts ; si j'ai prévu des fruits, elle réclame du chocolat, c'est à n'y rien comprendre, vous allez voir tout à l'heure, elle me fait le coup systématiquement, avez-vous des sœurs ? demande-t-elle à l'âne. Si je fais un gâteau, elle dit même que je suis méchante, vous vous rendez compte ?

Le père se raidit, il craint que la mère et la grande ne se disputent. Ce serait désagréable pour la petite et peu convenable pour le fiancé qu'elle a bien voulu présenter, elle qui fuit la maison depuis quelques années, on ignore pourquoi. Adolescente tardive, ingrate, mais ça passera, elle écrit des livres, dit la mère, vous voyez ce que je veux dire. L'âne répond poliment. S'il sent la petite filer hors d'elle-même, avec ses hurlements rentrés, il l'apaise d'un clignement de paupière. Le père détourne les yeux. La petite n'aime pas que le père laisse parfois échapper un bruit de langue en mangeant.

Je cours. Derrière moi, l'immeuble de l'homme à la pomme d'Adam se mobilise, et va, bloc après bloc, avancer pour m'écraser. Je m'en fous de tes mots ! hurle l'homme à la pomme d'Adam. Le monde continue lentement de se recouvrir d'un voile gris. Je me cogne aux angles de notre histoire, d'abord seule, car l'homme à la pomme d'Adam ne fait pas équipe. Hier encore, on le questionne sur sa vie avec un écrivain ; intrigant, disent les gens. L'homme à la pomme d'Adam se cogne le front. Croyez-moi, c'est l'horreur, j'en chie, dit-il.

J'appelle mon amie, je voudrais dormir quelque part et longtemps. Il ne faut pas la laisser filer, pense l'homme à la pomme d'Adam, sinon elle sera dure à récupérer cette fois, je suis allé un peu loin, sans doute, mais ça m'a fait du bien ; maintenant, je suis beaucoup plus calme. Elle téléphone. Dis-moi que je rêve, lance l'homme à la pomme d'Adam. Tu appelles la connasse, c'est ça ? Laquelle tu choisiras dans la bande des connasses ? hurle-t-il derrière moi. Qui tu appelles ? La bas du cul ? Vas-y, connasse, dis du mal de moi à tes copines, appelle, appelle au secours, avec ton cinquième de cerveau, quelle connasse parmi les quatre amies, j'aimerais bien savoir ! non, d'ailleurs je m'en fous, tu me juges, vous me jugez, c'est monstrueux. Va te plaindre que j'ai coupé tous tes cordons vitaux, c'est bien celle-là, ton expression à la con ? J'ai saboté tes parents, tes amis, ta façon d'aimer, ton silence, tes livres, c'est ça ? Tu vois que je t'écoute quand tu parles, sale gonzesse. Il dira sale gonzesse, mais, dedans, il crèvera.

Tu ne veux vraiment pas qu'on se quitte ? lui dis-je.

Non ! hurle l'homme à la pomme d'Adam, c'est trop facile, tu as dit qu'il faut parler, je parle, je t'aime, et tu es la femme de ma vie. D'ailleurs, tu veux m'épouser ?

Durant ce dîner sans fin, l'âne écoute le père, interrompu par la mère ou la sœur qui va mettre au monde un enfant. La mère, choquée à l'idée de devenir grand-mère, propose que l'enfant l'appelle par son prénom ou ne l'appelle pas, s'opposant à tout sobriquet susceptible de la vieillir. Idem pour le père, elle refuse d'être mariée à un pépé, papi, pépito, papinet, et même papou. Qu'en pensez-vous ? demande-t-elle à l'âne qui ne sait pas, mais admet, gentleman, que la mère est trop jeune pour se satisfaire d'un surnom de grand-mère. CQFD, dit la mère. Pour clore le sujet, on décide d'attendre que l'enfant ânonne et trouve une ou deux syllabes dont on s'amusera à conserver le souvenir, mi, pou, kino, tiné. La sœur de Guy, quant à elle, a demandé à ce que l'enfant l'appelle Mamita. Elle ne se détachera jamais de son frère, elle s'est d'ailleurs installée juste en dessous du couple et s'est déjà proposée pour garder l'enfant. Odile est graphologue et ne quitte pas son domicile. Dès qu'il est question d'elle, la petite ricane, et l'âne se détend. Odile fera une excellente nurse, a observé Guy alors que le ventre de la sœur grossissait. Faux, dit la mère, une nurse est anglaise ou rien. Arrêtez, mes enfants, de péter plus haut que votre cul. Quand on n'a pas les moyens de se payer une nurse, on élève son enfant soi-même.

La sœur a promis de se démener pour trouver à l'enfant une place en crèche, ce sera plus équilibrant, a-t-elle avancé, mais Guy a refusé. Ne te donne pas cette peine, s'est-elle entendu répondre, accouche, c'est déjà bien. Elle caresse son ventre et le presse contre elle, comme pour l'écraser. On change de sujet, signale la mère. Tu sais ce qu'on en pense, maintenant tu fais comme tu veux, on ne va pas en parler jusqu'à la Commune. Reprenez, servez-vous, Thomas, Matthieu, Thierry, Richard, oh je ne sais plus, pardon, comment il s'appelle déjà ? me demande-t-elle. L'âne serre ma main.

L'homme à la pomme d'Adam me cherche et je veux disparaître. Si j'appelais l'âne à l'aide, me reprendrait-il auprès de lui ? Il était fort lorsqu'il s'agissait de me défendre. Oh non, je me souviens, slip, yogourt, snack, berk, mais quand même, supporter ses mots le temps d'aller mieux. L'appeler, appeler l'âne au secours, vite. Il risque de me reprocher de l'avoir mal quitté, sans égard, sans tenir compte de lui. Et alors ? M'excuser, et puis voilà, oui, retrouver son épaule, développer avec lui cette histoire de cordons vitaux, il comprendra l'expression, l'âne a toujours aimé parler longuement des états d'âme. Dire que j'ai mal agi, le quitter en une heure, ce n'était pas chic, j'aurais dû le soutenir, quelle horreur, dire une telle chose, qu'importe, je regrette ma mauvaise conduite, oui, le soutenir. Mais quand même, si je m'attarde sur ses défauts, il y a son odeur de sexe, là, en dessous, tant pis, je ferai avec, je veux quelqu'un pour me séparer de l'homme à la pomme d'Adam, une protection, une oreille. L'écoute de l'âne était pure, sa complicité véritable. Oui, mais il y avait quand même son allô étonné, insupportable, alors qu'il savait que c'était moi qui l'appelais, Allô ? Ah quelle surprise, comme il m'énervait. Non, je suis une idiote, je ne dois pas reculer, toujours avancer, flûte, l'âne disait flûte aussi. Il n'aurait plus manqué qu'il en joue. Avancer, avancer, ne jamais revenir sur mes pas, même si un bon sourire, une épaule ? Non. J'ai dit Avance.

Aucun homme après l'homme à la pomme d'Adam, je lui ai tout donné, l'autre jour encore, un enfant, ai-je dit, un enfant, ai-je été folle ?, un enfant de toi, tu voudrais n'est-ce pas ? Et l'homme à la pomme d'Adam a hurlé, menacé, je te préviens, si tu me fais ça, je hais les mômes, ça me fait gerber. À présent, je connais les hommes, je les veux loin de moi, neutres dans le paysage, tableaux de chasse, plumes au vent, faisandés.

Malgré les tentatives de la mère pour changer de conversation, la grande continue à vider son sac et l'âne l'écoute patiemment. La mère hausse les épaules, mais les rabaisse dès que le père lui fait les gros yeux. La mère continue, en douceur, d'aborder de nouveaux sujets. La caissière du supermarché est noire mais très polie. La grand-mère des voisins devrait être euthanasiée, son arrière-train traîne et on la soutient par les aisselles pour monter l'unique marche du rez-de-chaussée. Le syndic des copropriétaires dit qu'il fait mais ne fait rien, il cause, ça fait du vent, clac. Ça s'appelle velléitaire, comme la petite. Elle a toujours été un peu velléitaire, dit la mère à l'âne, l'avez-vous remarqué ? Tant mieux que les livres aient marché, aujourd'hui elle sait taper à la machine ; si un jour elle a besoin d'argent, elle pourra chercher une place de sténo-dactylo. La mère dit qu'il y a de plus en plus d'enfants qui meurent à cause des femmes qui travaillent. C'est merveilleux, les monte-meubles, soupire-t-elle ensuite.

Heureusement, poursuit la grande, sa proche paternité fait mûrir Guy. Elle n'a plus à subir ses changements de ton, ni ses diatribes de jeune homme trop sûr de lui. Aujourd'hui, il sait qu'il sait et ne vise plus à établir auprès de quiconque qu'il a raison, puisqu'il a raison. Ils m'énervent chez Argel, se plaint la mère, ils sont incapables de vendre des pois gourmands sans fil et moi qui n'aime que le gruau, c'est si difficile de surgeler le gruau soi-même, vous ne croyez pas que depuis le temps ils auraient pu tâcher de mettre un pain au gruau à leur catalogue ?

La grande essaye de s'habituer à la présence d'Odile, qui monte chaque matin leur rendre visite à elle et à son mari. Tu vas ergoter pendant tout le repas ? On ne peut donc pas changer de sujet ? demande la mère à sa fille. Et la grande continue.

Assise dans la cuisine, Odile patiente pendant que le couple se prépare. La grande plaisante avec Guy, manière d'établir une connivence gênante pour Odile. Il arrive à Guy d'être d'humeur câline, et lorsque la grande ressort de la salle de bains les joues rosies, ravie de montrer à Odile que tout va pour le mieux dans leur vie amoureuse, celle-ci se garde de lever le nez de son journal.

La mère rougit, elle ajoute Je ne sais pas ce qu'en dit ton gynécologue. S'il ne t'interdit pas les rapports, vas-y, mais enfin, si tu permets, il y a quand même le risque que la jouissance te dilate. La grande n'entend pas et continue. Puisqu'elle a la bénédiction de Guy, Odile monte chaque matin pour vérifier que tout se passe bien. Elle recommence, gémit la mère, serrant le bras de la grande, mais faites-la taire ! Bien m'en aurait pris de lui faire ligaturer les trompes à celle-là !

Le père montre à l'âne un vol d'oiseaux dans le ciel, et l'âne, bien attentif, couvre le bruit des femmes, posant de bonnes questions sur la migration. L'émigration ? demande la mère. On peut participer à ce que vous racontez ou vous êtes au confessionnal ?

La grande ressent un profond désarroi. Odile a déconseillé à son frère les rapports sexuels, et celui-ci refuse toute discussion à ce propos avec sa femme. La grande et Guy parlent donc de la pluie et du beau temps, du poids de la poussette, de la taille du lit, de l'étanchéité des fenêtres, de l'achat d'un portique, d'un mobile, d'un goupillon, d'une boîte à musique et d'un stérilisateur, mais, au bout d'un moment, la grande explose, confiant à Guy qu'elle ne peut plus supporter d'entendre Odile demander à l'enfant, à travers son ventre, de l'appeler mamita ; et Guy de lui répondre que, à sa connaissance, mamita et maman sont deux mots différents. Il a raison, dit la mère, ça n'a rien à voir, là je le défends, il faut être juste, vous aimez la fleur d'oranger ? La petite lève les yeux vers l'âne et, le voyant tellement appliqué, elle a envie de plonger la main dans le saladier et de lui tendre une poignée de pousses fraîches.

Plus j'ouvrais ma porte, plus je lui faisais de place, plus l'homme à la pomme d'Adam se rétractait. Tu me rejettes, se plaignait-il. Je cherchais une parole, son étreinte était muette. Quand mon corps était mou, il se collait à lui, il en avait fait une pâte malléable qu'il disait adorer. J'étais son œuvre d'art, une façon de faire l'amour à soi-même, un secret. Mais c'était mon amour. Je le rassurais, il n'y avait que lui. Dès que tout allait trop bien, il prenait son élan, anticipait notre chute, rameutait toutes les fins en me hurlant C'est toi ! C'est toi ! Je suis gentil ! Je lui disais Va-t-en, si tu es mal, sois logique. Mais je le rendais dingue. Il voulait pouvoir dire Notre union est minable, et qu'à cela je réponde D'accord, mais je t'aime. Halte ! disais-je, tu descends. Et il hurlait Tu vois ! Tu vois que tu ne m'aimes pas ! Après avoir crié, il disait Non, j'ai pas crié, si ? Mais à quel sujet ? Il ajoutait parfois D'accord, j'ai gueulé, mais bon, tu sais comment je suis, tu me connais.

Blessée, privée du soutien de son mari, la grande n'essaye plus de faire bonne figure auprès du père, de la mère, du frère et de la sœur, et elle demande aujourd'hui conseil. Tu choisis bien ton jour franchement ! Juste quand la petite nous présente son fiancé ! À quoi bon nous demander notre avis en plus, dit la mère, puisque ensuite tu ne nous écoutes pas. Le père promet de trouver un excellent avocat. La mère dit qu'un enfant, de toute façon, au pire, elle en aura un autre, non ? Qu'est-ce que vous en pensez ? Vous avez des sœurs ou pas, j'ai oublié ? demande-t-elle à l'âne.

Et la grande s'en va en claquant la porte. L'âne reprend du café. En cuisine, la mère me confie qu'elle trouve l'âne charmant, mais préfère ne pas s'y attacher. Elle sent qu'il ne me fera pas long feu, c'est d'ailleurs bien dommage. Mais ce qu'elle en dit.

Mon amie ne me répond pas, je l'appelle encore, puis je vais au café. L'homme à la pomme d'Adam a cessé de me suivre. Il ne pensera pas à ce café. Ce serait tordu, tout de même, de se retrouver aujourd'hui à l'endroit où l'on s'est connu. Avant que nous nous parlions pour la première fois, l'homme à la pomme d'Adam venait pour me voir, sans jamais changer ses horaires. Il aimait me regarder, il comptait les jours où je ne le regardais pas. Et le jour est arrivé. L'homme à la pomme d'Adam a déposé un billet d'avion sur ma table. Il avait aussi commandé le déjeuner pour nous. Il m'a dit son nom, il en avait horreur. Quand je l'écrivais sur une feuille, je le trouvais beau. C'est le seul nom dont je me sois dit qu'il pourrait être le mien. Pour parler de la haine de son nom, il a imité sa mère l'appelant pour dîner, son nom lui rappelait sa mère. Tu ressembles à ma mère ! a-t-il hurlé, ensuite, relève-toi, mémère.

Preuve que la mère a un pouvoir, preuve que la mère fabrique puis tue, la sœur, juste après avoir entendu les mots prononcés par la mère, perd l'enfant, au milieu de la rue et des pigeons. Les chiens accourent, reniflent la viande qui s'est échappée d'elle, tandis que les gens, le monde, pensent qu'elle aurait pu faire cela ailleurs, pas sur cette place inondée par le soleil des premiers beaux jours. L'enfant à bout de bras et sans qu'il lui ait été prêté secours, elle rentre chez elle. Elle lave l'enfant, le découpe, puis le fait bouillir avec quelques légumes. Au dîner, Odile trouve un drôle de goût à la viande, et Guy conseille à la sœur, pour les futurs rôtis, une cuisson à chaleur tournante.

Superbe pomme d'Adam qui monte et descend au-dessus de mon visage et se laisse sucer comme un petit animal. Je vais te faire goûter aux hauts plateaux, a dit l'homme à la pomme d'Adam, finie la salade du troquet, c'est la belle vie, viens. Au restaurant, j'ai demandé si du jus avait coulé sur mon menton, alors il m'a dit Ne bouge pas, je vais t'essuyer. Avec sa langue, il m'a léché le visage et j'ai donné ma bouche. Il a mis ses mains sur ma tête, j'ai succombé à tout, à lui, il n'y avait plus que ça.

Tu ne sors jamais de chez toi, m'a-t-il lancé plus tard, quand le temps a noirci, quand l'espace a suinté, qu'est-ce que tu veux que je foute de tes clefs, tu peux bien m'ouvrir la porte, non ? Je ne sors pas quand tu dois rentrer, ai-je dit, trop bas pour qu'il entende, je sais que tu aimes me trouver là quand tu arrives. Quand je m'absente, tu dis que je t'abandonne. Mais, pour le moment, là, sur les hauts plateaux, il est doux. L'homme à la pomme d'Adam m'emmène au fond de lui, et chaque porte qui s'ouvre donne sur un nouveau jardin, et chaque fenêtre qu'il ferme, il la ferme au nez de ceux qui nous dérangent. La fierté que je ressens au bras de cet homme-là et le frisson chaque fois qu'il prend ma main me ramènent à mon âme qu'il n'a plus qu'à cueillir, je vais tout lui donner.

Après un coup de téléphone à la mère, une crise de larmes, et un curetage, la sœur est placée dans un service psychiatrique où son divorce est prononcé. À sa sortie, elle prend un petit studio. La mère de Cerise, Andy, qui a découvert tardivement le coaching et songe à en faire son métier, insiste pour venir à son domicile lui enseigner quelques astuces de vie. Où aller, que vouloir, et comment s'y prendre, sont les piliers de l'enseignement d'Andy. Si par exemple, explique Andy, ton envie actuelle est de refaire un enfant, que fais-tu pour y parvenir ?

L'homme à la pomme d'Adam entre dans le café. Je me cache sous la table. Sors de là, dit-il, arrête ton cirque, viens ici, j'ai dit. Dans ce café aussi, après les hauts plateaux, nous avons traîné tard, juste avant qu'il dise Viens, reste encore avec moi. Il ne lâchait pas ma main. J'ai pensé au vieux. L'homme à la pomme d'Adam avait une corde chez lui. Je te ramènerai chez toi, mais reste encore, suis-moi, je veux te connaître, je t'aime déjà. Et j'ai dit oui. Un jour, il m'a attachée à la table basse. Il m'a offert des fleurs. Et j'ai dit oui. Je n'ai jamais offert de fleurs à une femme, m'a dit mon amour. Je trouvais qu'elles ne valaient pas le coup de saccager la nature. Le jour où je lui ai dit non, sa pomme d'Adam a tremblé. J'ai dit non, comme j'aurais dit oui. J'ai dit Non, j'irai en voiture, c'est trop loin pour y aller à moto. J'ai peur à moto. Il est devenu fou.

La première fois qu'il a senti ma main accrochée à son ventre, la caressant doucement, il a gémi, puis soupiré, puis, souriant, il a dit que c'était bon. J'ai dit oui. Il a dit que depuis des années il ne tenait plus la main des femmes. Il a dit que j'étais sa petite chérie ou sa chérie-chérie parfois, deux fois dans le même mot, j'ai dit oui, nous avons dîné chez le marocain, il a promis de m'emmener chez l'afghan, mais d'abord nous avons essayé l'éthiopien. Je voulais l'inviter chez le russe, mais nous n'avons pas eu le temps. Il m'appelait mon cœur, doucement. En dormant, je disais oui. Il était magnifique, la veille encore du jour où il est devenu laid. Et sa laideur aussi avait de la superbe, parce que ses mains bougeaient à la cadence des cris, et qu'elles portaient sur elles la trace de nos caresses et de l'enfant maudit que nous ne fabriquions pas, car nous l'avions déjà, car, l'enfant, c'était lui.

La sœur devient une terre étrangère. La mère ne la secoue pas directement, mais par l'intermédiaire du père. Secouer, dit le père, mais pourquoi ? La mère ne supporte pas d'avoir échoué dans l'éducation de ses enfants. Elle constate : on ne l'a pas écoutée, on l'a mal comprise. Rejetée par la sœur, qui la juge coupable de la perte de son enfant, la mère se détache du père et, petit à petit, de ses autres enfants. La mère ne supporte pas que l'être auquel elle a donné naissance puisse se laisser aller. Elle exècre le père s'apitoyant sur la sœur fragile. Le couple se brise.

Viens ici, crie l'homme à la pomme d'Adam, je t'aime, tu es la femme de ma vie. C'est faux. Je cours au bord du fleuve, je l'évite de justesse, il me rattrape.

Il me pousse à l'eau. Je ne suis pas ton jouet, dis-je, ressortant la tête et tendant la main hors de l'eau, est-ce que tu m'entends, est-ce que tu comprends ?

T'es quoi alors ? demande l'homme à la pomme d'Adam.

Un samedi matin, le père attend la petite à la sortie de l'école avec un sac de voyage. Il la fait monter à l'avant de la voiture, à la place de la mère. Il précise que la mère est au courant de ce déplacement. La petite ouvre le sac que le père a posé sur ses genoux et découvre, plié sans doute par la mère, son maillot de bain blanc à motifs d'ananas et de tranches de pastèque. La petite ne trouve pas de petit mot de la mère dans le sac, elle compte le nombre de paires de chaussettes, cherche des indices, n'osant pas demander au père pour combien de temps ils partent, non qu'elle le craigne, mais par délicatesse, afin de ne pas l'obliger à mentir. Lundi, elle a école, mais peut-être que ça aussi c'est fini, on commence une vie vraiment nouvelle ailleurs.

Le père est accablé malgré ses efforts pour le dissimuler. Il incline le fauteuil de la petite, place le sac sous ses pieds déchaussés afin qu'elle puisse les étendre, vérifie qu'elle n'a pas chaud ni froid, s'arrête sur l'autoroute et achète des gâteaux. Ils chantent en les mangeant, l'abattement du père s'estompe. Encore un effort, et il oubliera tout. À l'inverse, toute sa vie la petite se souviendra avec jubilation de cet enlèvement, comme elle se souviendra de la partie de chasse promise par le grand-père. Mais ces voyages, les veut-elle vraiment avec d'autres qu'eux ?

L'homme à la pomme d'Adam a gagné. Je retourne avec lui pour qu'il se taise, et nous avançons sur l'île froide. Tous les cent mètres, il dit qu'il camperait volontiers si seulement j'aimais ça. Mais tu te fais piquer par les insectes, tu ne veux pas t'allonger dans l'herbe, c'est ça ? C'est dommage, moi qui adore camper, m'allonger dans l'herbe. Je vais te faire l'amour dans l'herbe, et si tu ne veux pas t'allonger, comment je fais, moi, pour te faire l'amour ? On s'allongera en bas, je te donnerai mon blouson pour t'étendre. Un jour, je t'emmènerai au Japon. On m'a parlé d'une île avec des serpents sous le sable. Descendons par les rochers, c'est trop haut pour toi ? Tu peux le faire ? Si je passe devant ? Si je te donne la main ? Je t'aide. Non, je ne suis pas brutal. Allez, descends, regarde comme c'est beau.

J'ai le vertige.

Tu as toujours quelque chose. Prends ma main, prends sur toi, avance, tu veux m'épouser ?

Le père s'arrête à nouveau, téléphone à la mère, la petite voit seulement son dos, dans la cabine, puis ses yeux noirs quand il se retourne. Ses yeux cherchent la petite fille, dans la voiture au songe plein. La petite sourit, goûtant à l'extase, seule en compagnie du père. Quelques jours auparavant, quand la mère a crié au père qu'elle voulait changer de vie, la petite l'a haïe. Le plus lâche des hommes, le plus mauvais des maris, a souligné la mère, encore, et la petite a pensé l'étrangler, ne pouvant soutenir le regard du père, qui n'a rien répondu, seulement quitté la pièce. C'est ça, recule, évite le sujet, pauvre type, Kikiton, va !

La mère ne supporte pas que ses enfants grandissent, c'est une règle, chez les mères. Laisse-la vieillir, ça passera, a expliqué le père à la petite. La mère s'ennuie, la mère ne voudrait surtout pas que le père néglige son travail pour rester avec elle, pourtant, lorsqu'il n'est pas là, elle l'attend, et lorsqu'il revient, elle lui en veut de l'avoir attendu. Avant, elle aimait se languir de son homme. Elle ne se prépare plus pour le retour du père. La mère devait reprendre une activité bénévole pour s'extraire du foyer familial, mais la mort la rebute, la maladie la dégoûte, la pauvreté l'énerve, l'illettrisme la crispe, aider, oui, elle veut bien, mais qui ? Personne ne la tente.

La petite a rêvé d'avoir le père pour elle. Pourtant, ce samedi, dans la salle du restaurant de l'autoroute, sans la mère, la toute petite a le cœur plié en huit. Elle joue avec la main de son père, espère qu'on la prend pour sa femme, elle n'y croit pas, elle a bien camouflé son cartable sous sa chaise, mais elle porte des socquettes à revers dans ses chaussures à boucle. Quand elle toise la salle de son regard détaché, on peut la vieillir de quelques mois et lui donner treize ans, au mieux. Elle pense à la mère, et son citron givré descend de travers. Peut-être que, si elle lui téléphonait pour savoir ce qui se passe, elle passerait un meilleur moment. Elle demande la permission au père, comme à un ravisseur. Sa réponse en sourire lui est ravissement.

Avant de manger, l'homme à la pomme d'Adam me dit À tout à l'heure. Une fois son assiette vidée, l'homme à la pomme d'Adam dit Est-ce que j'ai le droit maintenant ? Et je le regarde, avec les larmes aux yeux, mais il ne voit que les yeux. Quoi ? Je n'ai pas lu en mangeant ! J'ai le droit ou pas ?
Lis donc, quand je te quitterai, tu n'arriveras même plus à parcourir une page sans hurler de douleur.

Au téléphone, la mère appelle la petite Ma chérie. Ouf, se dit la petite, je ne suis pas le problème. D'une voix vide et sombre, la mère ordonne de bien s'amuser et de ne pas s'inquiéter pour elle. La petite raccroche avec un nœud à l'estomac. Le père et la petite reprennent la route, il pleut, la mer n'est plus très loin, dit le père chantant faux.

L'homme à la pomme d'Adam interrompt brutalement sa lecture pour me parler de ses origines. J'ai cessé de lui rappeler que le meilleur moyen de ne pas trouver ses origines était d'aller les chercher au bout du monde. Tu bouges, mais tu n'avances pas, lui

200

dis-je. Je constate que l'homme à la pomme d'Adam ne parle plus jamais de nous. Il dit Tu me casses les couilles à ne jamais comprendre mes trucs, je vais aller me chercher mon maillot à moi. Excellent français. Tu te fous de mes mots ? Je me fous de ta gueule.

Pourquoi tu ne viens jamais te baigner avec moi ? demande l'homme à la pomme d'Adam, entrant dans l'eau, le corps gelé, le sexe rabougri sur les couilles que je voudrais lui arracher, qu'on en finisse. Parce que l'eau est à quinze degrés, c'est extrême, je suis contente pour toi, mais j'ai froid.

Tu veux m'épouser ou pas ? me crie l'homme à la pomme d'Adam. Tu ne réponds rien ? Tu as entendu ? Il me sourit. Quand il sort de l'eau, il a l'air heureux durant une seconde ou deux. Je compte. Je le frictionne dans mon manteau, mais, aussitôt, je pense que je fais erreur, c'est un geste de mère, ça, il va me le foutre à la gueule tôt ou tard, alors je cesse, et je m'éloigne du bord de l'eau. Tu as vu comment tu es ? me dit-il. Dès que je ne fais pas exactement ce que tu veux, ça ne va pas. Je peux savoir ce qui ne va pas, encore ? J'ai quand même le droit de me baigner, non ? On s'emmerde tous les week-ends, alors pour une fois qu'on bouge, je me baigne, et c'est tout.

Bien sûr.

Pourquoi tu t'éloignes alors ? Tu ne peux pas m'attendre, non ?

Vas-y maintenant, pars et tu vas crever, je le dis bouffée par le chagrin, vas-y, pars, c'est la dernière fois et tu vas crever. Tu étais rempli de haine et ça veut dire rempli d'amour, ce n'est pas moi qui l'ai inventée, cette règle-là.

Le père et la petite s'installent sur le sable mouillé. Ils n'ont pas emporté de vêtements chauds. Le père retire sa chemise et couvre la petite. Elle pense alors que, si la mère était morte, tout irait mieux, on serait tristes, on saurait pourquoi, et on profiterait de la plage. Chaque fois que la petite sent monter en elle une allégresse, elle tombe immédiatement après dans le vide. Depuis toujours, elle incarne pour le père l'enfant rêvée. Il dit qu'elle ne peut pas imaginer comme sa compagnie est idéale.

Malgré les compliments, aujourd'hui, le père l'agace, elle le trouve irritant parce qu'il feint. Sortant de l'eau où le père et la petite ont rincé leurs têtes en riant, le père reprend la sombre litanie, mais la petite a compris ; oui, oui, dit-elle, sautant, ce n'est pas la faute de la mère, c'est compliqué ! Détendue par le bain, elle imite le père, soucieux et grave, avant de singer la mère répondant par onomatopées, ou par pesantes allusions. Et le père rit. Se quitter, dit encore la petite, détachée comme une femme de trente ans, est-ce vraiment compliqué ?

Non, je t'en supplie, non, sois gentille ! hurle l'homme à la pomme d'Adam quand je m'apprête à fêter son anniversaire. Je m'inquiète de son histoire personnelle, mais je ne pose pas de questions, je respecte son aversion. J'hésite à lui offrir son cadeau, je me lance, la trouille au ventre, les mains tremblantes, je regarde mes pieds, je lui dis Tiens, c'est pour toi, c'est juste comme ça. Il saute de joie. Le sablier se renverse, tout est possible, encore.

Putain je lis le journal ! dit-il ensuite, quand je lui caresse le ventre. Mais qu'est-ce que j'en ai à foutre ! lance-t-il quand je place une évidence sur les ours des Pyrénées. Parle-moi de Nikon, de Canon, dit-il encore. Je vais le quitter. Le sablier est vide.

À l'hôtel, la fille rappelle la mère. Elle voudrait passer une bonne soirée. Y parvenir nécessite que sa mère aille bien. Le père prend un bain. Pendant ce temps-là, en secret, elle tente une conciliation, disant à la mère que le père lui parle d'elle avec beaucoup d'amour. Et la mère recommande à la petite de se mêler de ses affaires. Elle ajoute que c'est bien joli de parler d'elle aux autres, mais que c'est en tête à tête que doivent se passer ces choses-là. Alors la petite insiste, revendique le droit à une vie familiale reposante, et la mère lui demande pour qui elle se prend, oh gentiment, bien sûr, mais la petite n'aime pas tellement ce ton. Tant pis, elle essaye encore, propose à la mère de bien bouder jusqu'au lendemain, puis de les accueillir, elle et le père, en fin d'après-midi, plutôt en début de soirée, avec le sourire. Et la mère, d'une voix lasse, dit à la petite qu'elle lui sourira, bien sûr, puis elle lui répète de ne pas s'occuper de ces histoires. Quand la petite raccroche, vexée, déçue, elle est formellement décidée à passer un excellent week-end, et jubile, la paix en elle. Elle sent que tout s'illumine, la mère est bête, pense-t-elle, méchante, égoïste, folle, mais quelques minutes plus tard, à court d'adjectifs, à court de salive, bouffée par les larmes, le vide la reprend. Elle rappelle la mère en pleurant.

La mère calme doucement la petite, l'appelle par des noms doux, et le père sort de la salle de bains, voit les larmes. Il propose de rire jusqu'à ce que mort s'ensuive. Ils descendent au restaurant de l'hôtel en ricanant, le père saute à cloche-pied, la petite imite la mère silencieuse et compassée. Entre deux crises, ils ont l'un pour l'autre des paroles étranges, le père confie à la fille qu'elle est diabolique, la fille dit au père que la mère a de la chance.

L'homme à la pomme d'Adam me déshabille. Il dit des mots d'amour. Son visage de guerrier s'apaise. Quand je m'éveille, il dit Mémère, ferme ta gueule. Si mon regard me trahit, il jure n'avoir rien dit. Mais, moi, je l'ai entendu.

Je développe une théorie, je me rends compte que les êtres deviennent aisément fous et cela n'est pas grave. Une douleur, un drame peuvent faire céder les plus faibles, alors que d'autres auront besoin de coups plus forts pour capituler. Certains chocs provoquent, visiblement ou pas, des bouleversements irrémédiables. Par exemple, je ne crois pas que nous fassions le deuil de qui que ce soit. Comment voulez-vous, par exemple, qu'un homme accablé par le décès de la femme qu'il aime et de leurs enfants, fauchés par un train, puisse un jour témoigner que la rencontre avec une autre femme l'a reconstruit et lui a redonné le goût de vivre ? C'est impossible. Cet homme-là est fou. La femme qui croit le sauver est certainement folle, elle aussi : lui a-t-on menti, a-t-on abusé d'elle, a-t-elle vu, enfant, son cheval abattu par un coup de fusil ? Le lui a-t-on ensuite donné à souper ? Qu'importe la cause, elle est juste folle de douleur.

Je suis d'accord sur le fait que les choses passent, mais cela n'empêche pas, écoutez-moi, cela n'empêche pas, sur leur passage, de devenir fou, et si vous ne me croyez pas, vous mentez, vous ratez quelque chose.

Je me serre contre l'homme à la pomme d'Adam, je le quitterai demain. Il a l'air bien. La nuit, dans notre lit, son corps et le mien noués, nous accédons en rêve à l'oubli, à l'amour, à l'étreinte, au soleil. Je sais très bien que je le mets hors de lui. L'expression juste est *hors de moi*.

Seule. L'âne est loin, sans doute au pré maintenant, sur une herbe bien verte, il galope, bientôt cheval qui sait, fort en tout cas, remis de nous.

La mère choisit ce dont elle va se défaire et ce qu'elle va finalement garder, avant de trier à nouveau et de jeter davantage. Comme la mienne, la vie de la mère s'amoncelle au pied des placards. Désencombrer son logis aérera son esprit, croit-elle, à force, mais le désordre trouble sa mémoire.

La mère s'est accroupie devant ses collections d'objets. Elle confectionne trois aumônières pour ses enfants, à l'aide d'un foulard qu'elle remplit de gomme, de sable et de buvard froissé. Elle pense que chaque enfant sera heureux, en souvenir d'elle, de conserver un reliquat de ses trésors. Elle se débarrasse de ses secrets et, plus la poubelle grossit, plus la mère paraît maigre et démunie. Du sable se renverse, elle frotte sa robe, ses cuisses, le sable glisse sous ses ongles. Elle continue le tri, pleure sur une lettre, des papiers qu'elle déchire puis recolle à la hâte, des photos qu'elle retourne, garde, jette, embrasse. Elle n'aime pas se séparer de vêtements peu portés ou de livres qu'elle voudrait relire, alors elle élève des piles à distribuer. Mais les tas l'embarrassent. Elle désespère déjà à l'idée du temps qu'il faudra pour répartir tout cela. Elle essaye une robe ample, puis des chemisiers trop petits, elle ne comprend pas ce qui s'est modifié chez elle. Son cou lui semble moins long, ses épaules plus étroites, son ventre plus proéminent. Elle fourre le nez dans les vêtements du père. Elle contemple les tas, trouve des sacs où ranger ce qu'elle veut camoufler, mais rien n'est plus voyant au milieu de son entrée que ces choses à donner. Qui les prendra et quand ? Elle va s'y attacher.

L'homme à la pomme d'Adam ne dérangeait rien. Trois mois de bonheur, puis le vide. Quand nous ne formions qu'un, tout allait bien. Quand les autres sont apparus, nous avons explosé, lui, moi. Toi, dit-il, c'est toi, c'est toi, c'est ta faute. Moi, je suis gentil. Et toi, tu m'étouffes. J'ai changé, j'ai tout compris, vas-y, épouse-moi pour voir.

Les habits que la mère porte lui semblent soudain trop vieux, et elle se déshabille. Elle les pose sur le sac de vêtements à donner et se ravise, elle ne les a pas lavés, elle n'aime pas qu'on fourre le nez dans son odeur. Mais, pour laver le haut, il faut laver du sombre, et pour laver le bas, il faut laver du blanc, elle ne va pas faire tourner deux machines pour si peu. Elle fait tremper, frotte, attend, essore, et un jus s'écoule. Elle essore brutalement, mais elle a mal aux mains, elle sort sur le palier et fonce déposer le linge dans le local à poubelles. Elle veut rentrer chez elle, mais la porte a claqué. Elle est là, sur le palier, presque nue, elle a froid, alors elle sonne à sa porte.

L'homme à la pomme d'Adam attend au pied de l'immeuble. Entre les rideaux, je le vois, adossé à un mur, le visage grave. Je voudrais lui ouvrir la porte mais chaque fois sa colère, injuste, froide, misérable me verrouille. Il a dit Je m'emmerde avec toi et tu ne me comprends pas. L'étreindre, l'embrasser, l'étouffer si possible. Nous n'y arriverons pas. Écoutons ses amis, surtout les proches, qui me connaissent sans m'avoir jamais parlé. Les amis disent Ouh ! quelle femme dangereuse, méfie-toi, elle mange les hommes. Et l'homme à la pomme d'Adam court me le répéter : *manman*, c'est vrai que tu mords ? Les amis disent Bouh, prends garde, comme si l'homme à la pomme d'Adam était un être sans défense, on l'a vue l'autre soir avec l'homme à la gueule d'enfer. À notre avis, humble notre avis, toujours humble, nous ne sommes pas des fouteurs de merde, nous restons discrets, nous ne nous permettrions pas une bévue, mais tout de même, doit-on le dire, oui, on le pense, voilà, on l'a vue avec l'homme à la gueule d'enfer, et, à notre avis, ils n'avaient pas l'air de s'ennuyer. J'en étais sûr, dit l'homme à la pomme d'Adam.

Elle mange les hommes, mais les digère-t-elle ? interrogent les amis. Pour tout vous dire, le plus dur à éliminer est le cœur. Pour le cerveau, ça dépend de la taille, mais c'est un abat comme un autre. Si on aime, ça glisse tout seul. Essayez entre vous ; la noix qui vous sert de pensée devrait bien accompagner les endives. Votre jugement gras comme une moelle est à extraire de vos chevilles et à sucer. Sucez, sucez-vous les uns les autres, et quand vous aurez les dents pourries et la langue sèche, débrouillez-vous.

La mère sonne à sa porte, qui pourrait lui ouvrir ? Le père est à la mer, elle a mis le frère dehors pour être un peu tranquille. Elle sonne encore, avant de cesser, affolée soudain à l'idée qu'un voisin alerté par le bruit ne passe la tête. Les portes ont des judas. Elle rentre le ventre. L'ascenseur s'ouvre. Le frère en sort. Il pensait à sa mère, justement. Elle lui dit, penaude, que c'est à cause du nettoyage de printemps. Elle lui expliquera tout, mais il faut lui ouvrir à présent, c'est urgent. Le frère ouvre.

L'homme à la pomme d'Adam disparaît dans une plainte de moteur et de pot d'échappement.

La mère se fait tristement à l'idée de ne plus recevoir de soutien de personne, d'autant que la petite a
changé en grandissant et peut lui lancer froidement,
lorsqu'elle la sent hésitante, qu'à son âge il est temps
de voler de ses propres ailes. Ce qui lui vaut, lorsque
la mère reprend du poil de la bête, des surnoms
comme Mademoiselle l'Intellectuelle ou Madame
Cervelet.

Le père, la mère, le frère et la petite conviée pour
le retour de la grande mastiquent. Afin de meubler le
silence et l'attente, car la grande n'arrive pas, la petite
propose à la mère de lui parler. C'est mieux que rien,
essaye, insiste-t-elle. Tu as sorti ta vacherie de la soirée ? lui demande la mère, abordant immédiatement
le thème de l'homme à la pomme d'Adam. Tu as très
bien fait, si je peux me permettre. À force de manger
épicé, exotique, tu aurais fini par te bousiller les
entrailles. Avec ton père, on a été discret, mais ça ne
nous plaisait pas ces voyages, hein ?

Je n'aime pas quand le père ne répond rien.

C'est un gentil garçon, ça, on le reconnaît, poursuit la mère, bien poli, toujours s'il vous plaît-merci, mais son allure, avoue quand même qu'il n'avait pas l'air propre. Quand tu ne te laisses pas aller, toi, tu es raffinée. Lui, c'était un peu… Non, dis-je. Mais ma tête s'alourdit. Un peu bandit, dit la mère, oui, bandit de grands chemins. Et pour la convivialité, tu as connu mieux, non ? Vous ne receviez pas, vous ne veniez jamais. L'homme à la pomme d'Adam a faim, comme moi, dis-je. Si tu as faim, mange encore, il en reste, ma petite. On espère juste, ton père et moi, que le suivant n'aura pas d'enfant et surtout qu'il n'en voudra pas, parce que toi, ce n'est pas ton affaire, les enfants.

Je n'aime pas quand le père se gratte la gorge et se lève pour monter le son du poste. Manger m'endort.

Réfléchis quand même, ne tarde pas trop, poursuit la mère, pense à te faire congeler des ovules, il paraît que ça se fait, ça marche très bien. Et ne va surtout pas t'enticher d'un inconnu pour une histoire de sperme ! Mais si tu rencontres enfin quelqu'un de bien et que toi, de ton côté, tu as dépassé la date limite, tu seras vraiment ennuyée. Crois-moi. Autant congeler. Si tu ne t'en sers pas, tu les donneras. Après tout, tes ovaires ne sont pas plus mauvais que d'autres. Tu as tes défauts, mais, tes ovaires, c'est quand même moi qui les ai faits.

Des larmes coulent dans ma soupe. Je n'aime pas quand le père les voit et se baisse pour refaire ses lacets de chaussures, avant de débarrasser la table pour la première fois en quarante-neuf ans.

La grande ne vient pas. Elle ne prévient pas. Elle ne vient jamais. On l'attend. Elle disparaît. La disparition de la sœur s'opère brusquement et, pourtant, chacun s'en aperçoit lentement. Elle s'apparente à une maladie. Le drap est froissé, quelqu'un est passé, l'odeur naturelle se dissipe et laisse place à un parfum fort, l'absence de la sœur sent le vieux linge. Le père, la mère et le frère sont stupéfaits. Conserver tout ce qui, écrit, me tirera enfin les larmes, puis m'apaisera. Garder en mémoire le nez de la mère qui coule. Retenir en moi la vibration du corps de la sœur, la garder sourde, mais la faire parler. La transformer en bois, lui installer des cordes, en sortir une musique.

La mère porte les vêtements de la sœur. Elle met trois semaines à accepter la disparition de sa fille, il faut pour cela que le père prenne son courage à deux mains et lui livre un argument terrible : elle n'aurait pas laissé le père sans nouvelles, elle n'aurait jamais manqué de rassurer le père. La mère encaisse cette vérité et dépose en plusieurs endroits de la ville des messages, des avis de recherche, des fleurs, elle installe des autels pour la sœur. Dès qu'elle aperçoit un plastique dans un caniveau, un hérisson en travers d'une route, la mère pense à la mort de la sœur et pousse un cri. La mère se démène auprès des autorités, des bénévoles, elle ajoute sur ses affiches des informations précises, elle vient de se rappeler que la sœur est allergique à une vitamine qu'elle lui donnait, enfant. S'il en trouve une sur le chemin de son bureau, le père arrache l'affiche.

Le père, la mère, le frère et la sœur continuent à vivre et, plus le temps passe, plus ils se demandent si la sœur a vraiment existé. Je note combien la disparition est triste, mais que, au fond, elle ne change rien. Il n'y aura plus à perdre la grande, puisque c'est fait, elle est perdue, croit-on. Tout est allé trop vite. Il vaut mieux disparaître lentement, après avoir prévenu, si possible préparé. Pris de court de la sorte, chacun est bloqué dans son élan par la fuite de la sœur. Le père et la mère se désintéressent de la vieille, qui disparaît à son tour, mais c'est dans l'ordre des choses, reconnaît le père. La mère se plaint de n'avoir pu faire le deuil de sa fille et, par égard pour son couple, le père se passera du deuil de sa mère.

Lorsque j'ouvre les yeux, il m'arrive de voir le corps de la sœur pendre par les pieds. Je m'habitue à l'absence, car je ne peux pas la changer. Ce que je ne peux modifier ne doit pas m'atteindre. À présent, j'ai à faire. Ce sur quoi je ne peux agir, je l'écrirai, et ceux qui refusent de me parler n'ont qu'à se taire.

Au père, j'enseigne ce qu'il m'a appris : c'est-à-dire le renoncement à la lourdeur. Par le rêve, je l'amène à croire que la sœur est vivante et, qui plus est, heureuse. Le père se laisse aller à ma volonté, il cherche

214

encore la grande au coin des rues, mais ne tombe jamais que sur de pâles sosies. Il ne désespère pas, il lui donne rendez-vous, voyage avec elle au fond de lui, lourde certains jours comme une pierre, légère aussi, de temps à autre. Avec la mère, je m'arme de plus de délicatesse, la tiens parfois contre moi et, chaque jour, l'appelle par des noms doux. La douleur de la mère m'est insupportable. Douleur palpable et spectaculaire. La mère est une héroïne, je m'en saisis.

Nous avons vécu sous le même toit, nous ne partagerons aucun souvenir.

Nous avons trop regardé le soleil en face. La mère est superbe dans le déluge. Le courant la renverse. La boue la charrie avec les maisons, le bois mort et les carpes, les vieux, le père, la sœur, le frère, la crèche et les santons, l'âne et le bœuf. Seuls des volets en fer, des portes blindées, des coffres-forts, des vérandas, des mécaniques tiennent debout. Je m'accroche aux morceaux de la mère.

Nous sentons l'eau monter encore, la terre penche mais nous continuons la route, les hanches pleines, les cœurs creux. Bouches fermées, visages au ciel, nous attendons la nuit. Les tuteurs ramollissent sous la pluie, la terre est prise au feu, les lèvres de la mère se fendent. Au bout de ses doigts, ses ongles rouges éclatent. Frappé par un tronc, la mère termine dans une écorce, cheveux arrachés, emmêlés, fourrés comme un nid dans un arbre creux. La mère porte la main à sa tête, elle ne voit plus, elle est pluie, elle est vent, elle est ventre de terre, c'est bientôt terminé. Je la regarde partir, j'attends un signe, une berceuse, un baiser ou une caresse.

N'oublie jamais de qui tu es la fille, parvient à murmurer la mère en disparaissant. Juste au-dessus, un nuage éclate, il ouvre le ciel sur une nouvelle averse, sur une fausse éclaircie.

Le visage d'un homme surgit alors dans la lumière, anguleux, mauvais, gris d'avoir fait du mal, rose d'amour encore, et pâle comme la lune qui tombe et nous enterre.

 **www.livredepoche.com**

- le **catalogue** en ligne et les dernières parutions
- des **suggestions de lecture** par des libraires
- une **actualité éditoriale permanente** : interviews d'auteurs, extraits audio et vidéo, dépêches…
- **votre carnet de lecture** personnalisable
- des **espaces professionnels** dédiés aux journalistes, aux enseignants et aux documentalistes

Composition réalisée par FACOMPO (Lisieux)

Achevé d'imprimer en décembre 2009 en Espagne par
LITOGRAFIA ROSÉS
Gava (08850)
Dépôt légal 1re publication : janvier 2010
LIBRAIRIE GÉNÉRALE FRANÇAISE – 31, rue de Fleurus – 75278 Paris Cedex 06